ポルタ文庫

暗闇に明かりが灯る料理店
浅草観音裏のあやかし処

長尾彩子

新紀元社

Contents

【目次】

一

白うさぎとクリームソーダ

仲見世は、浅草寺の表参道に真っ直ぐ延びた賑やかな商店街だ。

その通りを浅草寺本堂を正面に途中で左手に曲がると、伝法院通りに入る。

古書店や呉服店などが古くから軒を連ねるその道に、喫茶『三日月』はひっそりと佇んでいた。

年季の入った木製の扉には、「四月末日をもって閉店いたしました。長年のご愛顧ありがとうございました」という手書きの貼り紙がされている。

けれども三日月と星々の絵がほどこされた小窓からはかすかな明かりが零れていて、五月の大型連休が明けたばかりの静かな宵の道を照らしていた。

この春に大学生になったばかりの柚月鈴菜は、喫茶『三日月』の厨房でくるくると働いていた。

店は先月末に閉店したが、今日はこれから顔なじみの客が来ることになっている。

和服に丈の長いフリルのエプロンが彼女の仕事着だ。麻の葉模様の着物の袖をたすききがけにして彼女が作っているのは、先客のためのクリームソーダである。

初夏の新緑を思わせる鮮やかなメロンソーダに、雪玉のようなバニラアイスとさくらんぼのシロップ浸けをトッピングした、昔ながらのクリームソーダ。

完成したそれにスプーンとストローを添え、半月形のお盆に載せて狭い厨房から出る。鈴蘭のような形をした照明具が優しい明かりを落とす店内には、白いテーブルクロスが掛けられた小さな四角いテーブルが三台に、五人もお客が座ればもういっぱいになってしまうカウンター席がしつらえられているばかり。

狭い店内に鈴菜のほかに人の姿はなかったが、カウンターテーブルの一番奥の席に腰かける小さな影があった。

このあたりではあまり見ない、もさもさの眉毛に目がすっかり覆われた白うさぎである。

ぬいぐるみのようにちょこんと座ったうさぎの前に、鈴菜はクリームソーダの盆を置いた。垂れ耳にくっきりとついた犬の歯形を見て、鈴菜は痛ましげに眉を下げる。

鈴菜とこのうさぎの出会いは偶然であった。さきほど上野の大学から浅草に帰ってきて、道を歩いている途中で、モップのような見た目のマルチーズにくわえられて、ぶんぶんと振り回されている白うさぎを発見したのである。

マルチーズは耳にリボンを結んでいた。迷い犬なのではないかと思って鈴菜が近寄ったところ、マルチーズは白うさぎを放り出して逃げてしまったのだった。

そこでとりあえず目を回す白うさぎを拾って、実家兼喫茶店である『三日月』へと連れて帰ってきた。

「今日は災難でしたね。浅草はその辺を犬がうろついているような町じゃないんですけど……。これに懲りずに、また遊びにきてくださいね」

『わしゃこう見えて、戦争と飢餓の時代を生き抜いてきたあやかしじゃ。怪我をすることには慣れておる。これくらいでへこたれるようなタマじゃないぞ』

白うさぎはもこもこの手で器用にストローの紙袋を破り、クリームソーダのグラスに挿した。

さて、このうさぎは自分を「あやかし」と称したように、ぬいぐるみでもなければ、ロボットでもない。そして鈴菜はそれを理解した上で、このぬいぐるみのようなうさぎのあやかしと会話をしているのであった。あやかしは誰の目にも視えるものだが、誰の前にでも姿を現すものではない。だからこの世にはあやかしを視たことがある人と、視たことがない人がいるのである。

いまどきは視たことがない人がほとんどであろう。

夜の闇がなくなり、自然環境が破壊され、あやかしの個体数が減っているというのもあるが、多くのあやかしは警戒心が強く、めったやたらに人前に姿を現さないのである。こと、都会ではその傾向が強かった。

しかしながらどういうわけか、鈴菜はあやかしに好かれる体質だった。

おかしな人間扱いされたくないがために学校で公言したことはないが、不特定の場所でしばしばあやかしを見かけるのである。

鈴菜は特別に霊感が強いわけではない。あやかしとは本来なら、誰の目にも視えるものなのだ。だが、この文明の時代において、あやかしや霊といった超自然的なものに関しては『存在しないものである』という論調のほうが圧倒的に優位だ。

するとあやかしのような奇妙な姿をしたものを見たとき、人は自然とこう思うようになる。

——ああ、……俺、最近疲れているんだな。

——わたし、ストレスでどうかしてしまっているのかもしれない。病院に行こう。

そう。脳の錯覚として処理してしまうのだ。そしてあやかしを視た人に対し、医師はなんらかの医学的見地にもとづいた診断を下す。

そうした負の連鎖によって、あやかしが視えると公言する人は、ちょっと他人から距離をおかれるようになってしまったのだ。

こうしてあやかしは、存在しているのにいないものとみなされるようになった。

人が自然を畏怖していた時代は終わり、世の中の不思議はすべて科学で解明されるという風潮になった。

するとどんなことが起こるだろうか。

あやかしを捕獲して、解剖しようとする科学者や、見世物扱いをしようとする者が出現するのである。

いまや人間とあやかしの立場はほぼ逆転した。一部の例外を除き、あやかしが人間を恐れる時代になったのである。強いあやかしならばともかく、弱いあやかしたちは極力、人間から身を隠すようになった。

このうさぎのようなあやかしは通常、こそこそしているが、中には人間と変わらない姿をしたあやかしもいる。そうしたあやかしは新宿であろうが渋谷であろうが堂々と闊歩していた。

さて、あやかしの中には人間に化けられるものとそうでないものがいる。

夜に生まれたあやかしを《黄昏のあやかし》、朝に生まれたあやかしを《暁のあやかし》と彼らは呼ぶ。前者に対し、後者は妖力が弱いために人の姿をとれない。

白うさぎは人に化けているわけでもないのにやけに堂々としているが、見るからに弱そうなので、おそらくは怖いもの知らずの暁のあやかしなのだろう。

白うさぎはバニラアイスをスプーンですくってすっかり食べ終えてから、緑色のソーダ水を一気に飲み干した。『ふぅ』と人心地ついたようにため息をつくと、どこからともなく名刺のようなものを二枚取り出して、鈴菜に渡した。

『わし、お金持っとらんの。お代はどっちかに請求してくれんかのぅ』

鈴菜は名刺をあらためた。二枚の名刺には『千早(ちはや)あやかし派遣會社　代表取締役　千早紫季(しき)』、『百鬼(なきり)あやかし診療所　院長　百鬼青依(せい)』と書かれており、それぞれの所在地と電話番号が記されている。

千早氏とも百鬼氏とも面識はないが、鈴菜は名刺を見ても怪しまなかった。

あまり知られていないが日本にはあやかしのための会社や病院があるのだと、鈴菜の育ての親でもあった亡き店主から聞いたことがある。

「お代は結構です。このお店も畳んでしまいますし、余り物で作っただけですから」

『そうなのか。すまんのぅ』

白うさぎはまるで遠慮する風でもなく、あっさりと鈴菜の言葉に甘えた。

『でも気が変わったら、その名刺のやつらに請求しとくれ。あやかし診療所のほうはダメじゃ、銭ゲバだからの。金銭感覚がぶっ壊れておるあやかし派遣會社の社長のほうがオススメじゃ。わし、『白兎(しろうさぎ)の因幡(いなば)』っていう名前なの。因幡の白兎じゃないぞ。因幡っていう名字の白兎なの。わしの名前を出してくれれば大丈夫じゃ』

「わかりました……」

さもどこぞの社長や院長と親しげな口ぶりだが、鈴菜は話し半分に聞きながら名刺をエプロンのポケットに仕舞った。

『さて、わしはそろそろおいとまするかの』

白兎の因幡は軽い身のこなしで椅子からぴょんと飛び下りると、二本足ですたすたと店の出入り口のほうへと歩いていった。

因幡は大玉のすいかくらいの大きさである。ひとりでは扉を開けられないだろうと思って鈴菜もあとを追うと、ちょうど外側から扉が開いた。来客を知らせるベルの音とともにそこに現れたのは、スーツを身に纏った長身痩軀の青年である。

因幡は彼の脇をサッとすり抜けて店の外に出ていったが、青年はそれに気づいているのかいないのか、銀縁の眼鏡の奥で目を細めて微笑んだ。

「やあ、鈴菜ちゃん。今日も可愛いね」

「理人さん、いらっしゃい」

後半の軽口は聞き流して、鈴菜は愛想笑いで応じた。彼は優男風の美形だが、あやかしではない。水守理人という名の正真正銘の人間だ。

年は十歳も離れているが、鈴菜のふたつ歳下の幼馴染——水守理紅という少年の兄にあたる人で、昔から面識があった。現在は上野に一人住まいで、小さな博物館に勤務している。多忙な人のようで、これまでは『三日月』にときおり顔を見せに来る程度だったが、ここ一週間ほどは宵の口の決まった時刻にやってきては、予約した軽食や菓子などを買っていってくれるのだった。

鈴菜はお客様のためならばできる限りのことはしたい。五月中にはここを立ち退かなければならないが、それまでは彼のために店を開けておくことにしたのだった。

「良い匂いだね」

軽く深呼吸をして、理人が言った。

店内にはクッキーの焼ける甘い匂いが充満しはじめていた。

「この店だけ、まるで現世から切り取られた極楽だな。閉店してしまっただなんていまだに信じられないよ。心に大きな穴が空いたようだ」

「理人さんみたいに惜しんでくださるお客様がいらっしゃるなら、絹子さんも天国できっと喜んでいますよ」

絹子さんというのは、先月に亡くなったばかりの店主で、幼い頃から鈴菜を養育してくれた上品な老婦人である。

鈴菜は両親を知らず、物心ついたときには児童養護施設にいた。

施設での暮らしはあまり記憶になく、程なくして絹子さんに引きとられた。

いつも優しく、けれど時に厳しく、まるで血の繋がったおばあちゃんのように絹子さんは鈴菜を育ててくれた。

子供のいない絹子さんは十五年前に夫に先立たれてから、すっかり生きる気力をなくしてしまっていたそうだが、里子に鈴菜をもらってからは毎日が幸せだと口癖のように語り、微笑んでくれたものだった。

絹子さんが亡くなったのは先月の半ばだ。

享年八十歳。腎不全で、眠るような最期だった。

それから半月。里親の死からまだ立ち直れていない鈴菜は彼女の名を口にするたびに目の奥が熱くなるのをとめられなかったが、お客様の前でみっともない姿を晒すわけにはいかない。零れそうになる涙をぐっとこらえて、鈴菜は理人に笑いかけた。

「ごめんなさい、まだご予約のクッキーが焼き上がっていないんです。焼き上がったら冷まして箱に詰めるので、ええと……あと二、三十分ほどお待ちいただいてもよろしいでしょうか」

「かまわないよ」

「申し訳ございません。どうぞ、お好きな席におかけください。ただいまお冷を……」

鈴菜は足早に厨房に引き返した。

途中、白兎の因幡が飲んだクリームソーダのグラスを回収するのも忘れなかった。

「先客が？」

「ええ、あやかしのお客様です。理人さんがいらっしゃるのと入れ違いに帰ってしまわれましたけど」

「そういえばこの店に入ってきたときに、なにかもふもふしたものが足にあたった感触がしたな」

　理人は鈴菜の発言を特にいぶかしむ様子もなく呟いた。

　幼い頃はよく浅草界隈で一緒に遊んだ水守兄弟は、鈴菜があやかしに懐かれやすいことを知る数少ない友人だった。というのも、彼らもよくあやかしと遭遇する体質だからだ。弟の理紅に至っては、悪いあやかしにとり憑かれたことさえある。

　理人はいましがたまで白兎の因幡が腰かけていたカウンター席に座った。

「理人さん、お冷をどうぞ。……あ、お茶のほうがよろしいでしょうか」

　大型連休が明けたとはいえ、ときおり冷たい風が吹く時節。

　鈴菜がためらうように氷水の入ったコップを置くと、彼は苦笑した。

「いや、水でいい。ちょうど咽喉が渇いていたんだ。……しかし君はあいかわらずまじめだねぇ。客として来店したといったって、君と俺の仲じゃないか。幼馴染相手にそんなにかしこまらなくてもいいのに」

「でも……」

「まあまあ、俺が連絡もよこさずに予定の時刻よりもだいぶ早く来てしまっただけなんだから、君も楽にしていてくれ」

　理人はコップを手にとり、カラン、と涼しげな氷の音を立ててから「それに」と付け加えた。

「今日は君に折り入って頼みたいことがあってね」

「頼みたいこと？　それは、もちろん。わたしにできることでしたら」

「ああ、その前に、せっかくここへ来たんだ。特製のコーヒーを一杯もらえるかい。三日月ブレンドをひとつ」

「かしこまりました」

頼みたいことってなんだろう……と首をかしげつつも、飴色（あめいろ）の抽斗（ひきだし）形のコーヒーミルで丁寧に豆を挽（ひ）く。そうしているうちに、オーブンがチン、と音を立てて、クッキーが焼き上がったことを告げた。

ミトンを嵌（は）め、天板をオーブンから取り出す。

星や三日月の形に型抜きしたクッキーは、良い塩梅できつね色に焼けていた。

ステンレス製のケーキクーラーに湯気の立つクッキーを並べながら、鈴菜はさりげない口調で気になっていたことを訊（き）いた。

「そういえば、理紅君はお元気ですか？」

「連絡をとりあっていないのかい？」

「ちょっと、このごろは、あえて控えているんです」

なんとなく歯切れ悪く応えると、理人は勘繰るような口ぶりでさらに訊（たず）ねてきた。

「鈴ちゃん、もしかして大学に入って、好きな人でもできたとか？」

「いえ！　まさか！」

　思いもよらない問いかけに、鈴菜は慌ててぶんぶんと首を振った。

「逆です。わたしがいつまでも理紅君を弟扱いして構っていたら、理紅君の恋路を邪魔することになるんじゃないかと思って」

「へぇ？　鈴ちゃんは理紅に好きな女の子がいると思うのかい？」

「それはわかりません。理紅君は自分から進んでそういう話をする子じゃないですし……。でも少なくとも、理紅君のことを好きな女の子はたくさんいるんです」

　なんといっても、理紅は学園の王子様なのだ。


　小学校から高校まで、鈴菜は理紅とずっと一緒だった。

　だから鈴菜は理紅の成長の過程をわりと身近なところから見守ってきたのである。

　小学生の頃の理紅は、小柄で、色白で、ぷにぷにしていて、それはそれは大福餅のように可愛らしい男の子だった。勉強は得意だけれども運動はちょっぴり苦手な、癒やし系マシュマロ男子であった。

　だが、子供は時として残酷なものである。理紅はそのふくよかな体型のために、しばしばクラスメートの意地悪な男の子たちから馬鹿にされ、嘲笑の的となっていたのだ。

非力な理紅を守るのは鈴菜の役目だった。理紅の教科書に落書きをしたり、ＳＮＳで悪口を流した男の子たちをあの手この手を使って特定し、放課後に犯人を待ち伏せてボコボコにした。むろん相手もやられっぱなしではない。男女共同参画社会のご時世、女子供だからといって手加減されることもなく、鈴菜もボコボコにされた。

そのため痣や傷だらけで帰宅することもしばしばであった。

だが、鈴菜は強かった。

おとなしそうな見た目に反して、それなりの腕力があった。

いつしかいじめっ子たちに恐れられるようになり、理紅をいじめる者はいなくなった。にもかかわらず、理紅は家で塞ぎ込みがちになってしまったのである。

家といっても水守家の別邸だ。

水守家にはとある事情があって、理紅だけは根津にある本邸からひとり離されて、浅草の別邸でふたりの年老いた世話係とともに暮らしていた。

あるとき、当時小学校六年生だった鈴菜が手土産を持って理紅の住まいを訪問すると、理紅の世話をつとめる夫婦が血相を変えて玄関先の鈴菜のもとに駆け寄ってきた。

「鈴菜さん、ちょっとお坊ちゃまのご様子を見ていただけませんか」

「まるで別人のようにお顔つきが変わってしまい、大量にお食事をお召し上がりになるんです！」

それは特段、騒ぎ立てるほどのことではないのではないかと鈴菜はまず訝しんだ。成長期の男の子はよく食べるものだと聞いたことがある。

鈴菜のクラスにも、毎日給食を無限におかわりする、体格の良い男子がいた。

だが夫婦の顔面は揃いも揃って蒼白であったので、鈴菜はともかく言われるままに理紅の様子を見に行って、彼らを安心させることを言ってあげようと思った。

――が。

リビングに通された鈴菜は、声を失った。

テーブルには和食に中華、イタリアンまで様々な料理が所狭しと並んでいた。

お寿司がざっと五人前、点心、ピザ、キッシュ、それにマカロンやケーキといったスイーツの数々。

まるでこれからホームパーティーでもひらかれるような品数の多さだが、それらがすべて理紅のためだけに用意されたものであることは、ひとり椅子に腰かけた彼の様子を見ても明らかであった。

自分の前に上品に並べられたスプーンやフォーク、ナイフには見向きもせず、大皿から手掴みで料理をとって、がっついている。

ピザやパンならばまだわかるが、ミートスパゲッティでもドリアでも、ありとあらゆるものを掴んでは、必死の形相で口に詰め込んでいるのである。

摂食障害、の四文字が鈴菜の頭をよぎった。

小学校でさんざん容姿をからかわれ、いじめられていたのだから、心になんらかの変調をきたしていても不思議ではない。

「理紅君!」

鈴菜は理紅のもとに駆け寄ると、彼の行動を制するように、油とソースにまみれた小さな手を掴んだ。

すると理紅は一瞬動きをとめてから、鈴菜に掴まれたままの手を強引に持ち上げた。ふだんは風が吹けば飛んでいってしまいそうなほど非力な理紅だというのに、そのときの力は普段とは比べ物にならないほどに強かった。振りほどかれまいとして鈴菜がいっそう強く彼の手を握ると、唸り声とともに噛みつかれた。

手の甲に激痛が走り、鈴菜は慌てて手を引いた。

噛まれた箇所には穿たれたような穴が空き、どくどくと脈打ちながら血が流れ出す。世話係の老婦人が小さく悲鳴を上げ、こちらに歩み寄ってこようとしたが、鈴菜はそれを片手で制し、スカートのポケットから取り出したハンカチで素早く止血した。

雑多な食べ物の匂いが充満するなかに、うっすらと甘い香気がただよっている。

春の夜の匂いだ。

雪消水で湿った土の埃っぽい匂い。

雨に打たれて腐った落ち椿、桜の葉の裏に密集した虫の卵の甘い香り、土中から這い出してきた蛙や蛇の腥さ……それらすべてが混じりあった不気味な匂い。

良くないあやかしが傍にいるとき、鈴菜は昔からかならずその匂いを嗅ぎつけた。

良くないあやかしというのは、たとえば夜に寝ている人の枕をひっくり返し、枕をひっくり返された人間の魂を奪う『枕返し』。

五年生のとき、修学旅行で泊まった古びた旅館にそれは出た。

春の夜の匂いがして鈴菜が夜中にふと目を覚ますと、隣で眠っていた友人の枕元に、角の生えた半裸のおじさんのようなものがいた。

コスプレをした変質者ではないことは、それまでにも異臭とともに悪いあやかしと遭遇してきた鈴菜にはすぐにわかった。

枕返しはニタニタと薄気味悪い笑みを浮かべながら、今まさに友人の枕に手をかけようとするところだった。

鈴菜はむくりと起き上がると、枕返しがこちらを向く前に顔面をグーで殴った。

小学生女児に殴られるなどとは思ってもみなかったのだろう。

枕返しはなにが起こったのかすぐにはわからないようすで驚いたようにぱちぱちと

まばたきをして鈴菜を見つめたあと、『ぎゃっ』と遅れて悲鳴を上げた。鈴菜が無言でもう一発ぶん殴ると、枕返しは今にも泣きだしそうな顔をして鼻を押さえながら、すぅ……と闇に溶けるように消えた。

それから鈴菜は友人が安らかな寝息を立てていることを確認し、自分も再び眠りについたのだった。

理紅の周囲には、枕返しに遭遇したときと同じ臭気が立ち籠めている。

鈴菜は、何事もなかったかのように料理を貪る理紅の姿を見つめた。

瞳の色は青黒く変色し、白目は黄濁している。低俗かつ悪質なあやかしの目だ。黒ずんだ爪は獣のように鋭く伸び、理紅自身の柔肌(やわはだ)も傷つけかねないほどだった。

(憑き物……。ひだる神かな)

厄介だな、と鈴菜は眉を寄せた。

鈴菜はそれまで、悪いあやかしを殴る、蹴るなどして物理的に撃退して生きてきたが、祈祷(きとう)や呪術の方面はさっぱりだった。

理紅をぶん殴れば憑き物は落ちるかもしれないが、可愛い弟のような存在にそんなひどいことをできるわけがない。

だが、このまま放っておけば、理紅は死んでしまう……。心はきまった。

理紅君、ごめんね、と内心で詫(わ)びながら理紅にげんこつを振りかざしたとき、脳裏に響いたのは、絹子さんがいつも微笑みながら、たびたび口にする言葉だった。

——小さなあやかしさんたちは、本当に鈴菜の作るお菓子が好きねぇ。

(そうだ!)

鈴菜は片手に持っていた小さな紙袋の中から、個包装された星形のクッキーを一枚取り出した。クッキーは、鈴菜がもっとも得意とするお菓子だ。

「ねぇ、お菓子を食べない?」

鈴菜がそう声を上げてクッキーの包みを破ると、食べ物に集中していた理紅が相も変わらずおよそ人とも思えぬ目つきでこちらを見た。

席に着いていた理紅がゆらりと立ち上がる。

「わたしをつかまえたらお菓子をあげる!」

鈴菜は理紅ににっこりと笑いかけると、使用人たちが立ち尽くしている場所とは真逆に向かって駆け出した。

勝手知ったる幼馴染の家だ。

鈴菜が迷わず奥の扉に向かって走ると、理紅もそちらに駆けてきた。

「遅いよ、理紅君。ほらほら、早く来ないとわたしが食べちゃうよ」

焚きつけるように言ってから、鈴菜は扉を開けて、長く薄暗い廊下を全力疾走した。

ついてくる理紅の息が上がってくるのがわかる。

いったん立ち止まって振り返ると、理紅の口から真っ黒な影のようなものが吐き出された。鈴菜はそれを見計らったように理紅のもとへ引き返すと、理紅が倒れる寸前で抱きとめた。

支え続けるには重すぎたので、気を失った理紅はひとまず廊下に横たえる。

その傍らで、影はぐにゃぐにゃと歪み、伸びたり縮んだりしながら人間の姿を形成していく。

やがて、襤褸ともいうべき――薄汚れ、擦り切れた和服を纏った者になる。

男とも女とも、若者とも老人ともつかぬ人型のそれはほとんど骨と皮だった。

目は深く落ちくぼみ、はだけた着物から覗く肋骨は飛び出しそうなほどくっきりと浮き、腹は異様に膨らんでいる。

鈴菜はあやかしを理紅の身体からひきずり出したところで殴って撃退するつもりだったが、見る間にその気概がしぼんでくる。

怖くなったのではなく、可哀想になってしまったのだ。

ひだる神は、お腹をすかせたあやかしだ。

身も心も満たされることなく、常にさまよい続ける宿命を負っている。

鈴菜は手にしたクッキーを、ひだる神のぽかりとあいた口に近づけた。

ひだる神は警戒もせずに、鈴菜の手からそれをぱくりと食べる。

もしゃもしゃと咀嚼するひだる神に、鈴菜は残りのクッキーが入った紙袋を押しつけた。

「ねぇ、これからはお腹がすいたら、理紅君みたいにか弱い男の子にとり憑いて困らせたりしないで、うちの店においでよ」

不思議そうに首をかしげたひだる神に、鈴菜はさらに言った。

「クッキーならわたしがいくらでも作ってあげるし、余ったごはんのおにぎりや残り野菜のスープでもよければ食べさせてあげる。絹子さんは身寄りがないわたしを拾ってくれたけれど、あやかしにも手を差し伸べるような人だから、あなたにもきっと優しくしてくれるよ」

「うん」

『優しくしてくれる』と、枯れ葉のようにかさかさした声でひだる神は繰り返した。

鈴菜が力強くうなずくと、ひだる神はよく聞きとれないほど掠れた声でなにかを言い残し、霧のように姿を消した。

あとには季節外れの彼岸花が一輪、薄暗がりに燃えるように咲いたが、手を触れると幻のように消えてしまった。

不思議なことに詳しい絹子さんからあとで聞いた話によると、あやかしは最期、蝶や花に姿を変えて、隠世に還るそうだ。

あやかしにも寿命がある。

ひだる神が本当に飢えていたのは人の優しさで、それが鈴菜の言葉によって満たされたからやっと安らかな眠りにつくことができたのだろうと絹子さんは言った。

さて、雨降って地固まるとはよく言ったもので、その一件を機に、理紅は蛹（さなぎ）が蝶になるような驚くべき変貌を遂（と）げた。

理紅はひだる神に憑かれているあいだに鈴菜に噛みつき、怪我をさせていたことをうっすらと憶（おぼ）えていたらしい。

「鈴お姉ちゃん、ごめんね」

と泣きながら何度も詫びたあげく、

「傷が残ったら、僕が責任をとって、鈴お姉ちゃんをお嫁さんにする！」

とまで言ってくれた。あまりにも思いつめた様子だったので、鈴菜は、

「うんうん、じゃあ大きくなってもまだ傷が残っていたら、結婚しようね」

と適当に返して指切りをした。

子供のたわごとだと当時自分も女児だった鈴菜は軽く考えていたが、理紅のほうはどうも本気で鈴菜と結婚する決意を固めたらしかった。

「旦那さんになるからには、鈴お姉ちゃんに守られるんじゃなくて、僕が鈴お姉ちゃんを守れるようにする」

と宣言し、いきなり剣道を習いはじめ、猛勉強するようになったのである。

成長期のまっただなかにあった理紅の日々の変わりようはすさまじかった。

ぷくぷくしていた身体はあっという間に引き締まり、背はすらりと伸びて、中学に上がる頃には鈴菜の身長を頭ひとつぶんも追い抜いてしまった。

また、もともと頭の作りも悪くはなかったようで、理紅は中学入学以降、常に学年トップの成績を維持し続けた。頭脳明晰で剣道部での活躍ぶりも目覚ましく、おまけに人形のように中性的かつ整った顔立ち。

鈴菜が中学校を卒業する頃にはもう、理紅には小学校時代の大福餅の面影はなく、学園の王子様として学校中の注目の的になっていたのである。

それから早三年と少し。

鈴菜は大学一年生に、理紅は高校二年生になった。

生徒会長兼剣道部の部長、兼、学園の王子様となった理紅は、平々凡々な幼馴染の鈴菜のことなどすっかり忘れ――はしなかった！

鈴菜が高校を卒業する直前まで、定期テスト前で部活のない日などは鈴菜のクラスの教室の前でホームルームが終わるのを待っていて、鈴菜が教室を出ると、

「鈴姉さん、一緒に帰ろう」

と白い頬を紅潮させて微笑み、鈴菜の手に指をからめて廊下を歩き出すのだった。

理紅は鈍感なのか、鈴菜に突き刺さる女の子たちからの冷たい視線には気が付いていないようだったが、鈴菜のほうはそのうち理紅のファンの女の子から刃物を送りつけられるのではないかと気が気ではなかった。

幸いにして、子供の頃からの癖が抜けきらない理紅が鈴菜を『姉さん』と公然と呼ぶお蔭で、《親が離婚したために名字が変わった実の姉弟》説や、《従姉弟》説が囁かれ、鈴菜が度を超えた嫉妬を浴びせられることはなかったのである。

(でも……)

鈴菜の理紅にまつわる心配事はいまだに尽きない。

ときどき連絡を取り合っている高校時代の後輩の話によると、理紅は相変わらずもてているそうだ。先輩からも後輩からも毎日のように裏庭に呼び出されては告白されていると、もっぱらの噂らしい。

ところが彼は部活や勉強に集中したいからと、いっさい彼女を作る気配がないというのだ。後輩情報によれば、先月——四月初頭には、とうとう『学園の天使』として名高い同学年の絶世の美少女から交際を申し込まれたのだという。

それに対して理紅はいつものごとく、部活や勉強、生徒会に身を入れたいからと断ったそうだが、学園の天使は引かなかった。トークアプリで毎日、「おやすみ」と言ってくれるだけでいいから、とけなげな想いを伝えたのだが、理紅は首を縦に振らなかった。

「ごめん。……俺、好きな人がいるんだ」

と爆弾発言をかまし、学園の天使を泣かせてしまったのである。

この学園の天使失恋事件は、彼女本人が友人たちに触れまわったことにより学校中の知るところとなり、現在も「水守理紅の好きな人とは誰なのか？」という話題が、なにかにつけてはそこかしこで持ち上がるらしい。

鈴菜も幼馴染として気にならないではなかったので、ある晩、「理紅君って好きな人いるの？」と軽率にメッセージを送ってみた。

夜中であればいつもすぐに既読マークがつき、一分と経たずに返事がくるのだが、その日は既読マークがついてからメッセージが返ってくるまでにずいぶんと間があった。十五分くらいしてからようやく、「どうしてそんなことを訊くの」という一文が送られてきた。

どうしてと言われても、これといって深い理由はなかったので、鈴菜は「なんとなく」とだけ返し、それから無理やり会話を打ち切るようにふざけたスタンプを送った。既読マークはついたが、理紅はそれきり、なにも送ってこなかった。

ほっとしたような、がっかりしたような、複雑な気持ちになったものだった。

――さて、そろそろクッキーの粗熱もとれた頃合いだろう。

鈴菜はケーキクーラーの上で冷ましていた三日月や星形のクッキーを五枚、レースペーパーを敷いた皿に移した。

それから挽き立ての豆でコーヒーを淹れ、美濃焼のマグカップに丁寧に注ぐ。

「お待たせいたしました。上から失礼しますね」

カウンター越しに座る理人の前に湯気の立つカップと焼き立てのクッキーを並べた小皿を置くと、理人は弟とはまた別種の甘い美貌に笑みを浮かべ、「ありがとう」と礼を述べた。

「たまには理紅にメッセージのひとつ、電話の一本でもしてやってくれないかな。君が高校を卒業しちゃって、あいつも寂しがっているよ」

「そんなことないですよ」

甘党の理人は、いつもコーヒーに砂糖を山盛り三杯も入れる。

その様子を見ながら、鈴菜は苦笑した。

「理紅君は義理堅くて、その……、昔わたしが理紅君を助けてから、ずっとわたしを姉と呼んで慕ってくれていて、わたしはそんな理紅君を今ももちろん可愛いと思っているんですけれど。でも、そろそろお互いに姉離れ、弟離れしないといけないんじゃないかなって。わたしもこうしてこの春から進学しましたし、これを良い機会に」

理人は「ふうん」と笑みを含んだ声で呟いてから、コーヒーをひと口飲んだ。

「うん、おいしい。これぞ創業七十年間変わらない三日月ブレンドの味だ」

「あんなにお砂糖をてんこ盛りに入れていたのに、味の違いがわかるんですか？」

思わず訊いてしまうと、理人はまじめな顔つきで頷いた。

「そりゃあわかるさ。どんなコーヒーにも平等にティースプーン山盛り三杯の砂糖を入れてるんだから、正しく比較できるよ」

「なるほどです……」

「うーん、クッキーもいつものことながらすばらしい。さくさくとした歯ごたえといい、芳醇なバターの香りといい、芸術品のように美しい形といい……」

おとなしくて口数も多くはない弟の理紅と違い、理人は昔から口がうまい。

本気なのか冗談なのか怪しいところなので、鈴菜は適当に聞き流しながら、業務用の手袋を嵌めた手で残りのクッキーを喫茶『三日月』オリジナルの缶に詰めていく。

瑠璃色に、黄金の三日月と白銀の星々の絵を散らした丸型の可愛らしい容器だ。

「実に惜しい。君はもう焼き菓子に限らず、食事のメニューも絹子さんの料理の味をそっくり再現できるようになったというのに、喫茶『三日月』の閉店とともに君の手料理を食べられなくなってしまうなんてね」

鈴菜はなんと言っていいのかわからず、曖昧に微笑むことしかできなかった。

身内のなかった絹子は、鈴菜が大学四年間生活していくには充分なお金を遺してくれた。だが、喫茶『三日月』は建物が老朽化しており、改装するほどの余裕がない。

まだ学生の自分がアルバイトをしたところで、店を再建する資金を集めるのに何年もかかってしまうだろう。

……でも。

「わたし、いつかまたきっと浅草に、……ここ伝法院通りに、喫茶『三日月』を立ち上げたいと思っているんです。ですから料理もお菓子作りもやめません。コーヒーを淹れる修業も、学校に行きながら続けるつもりです」

「君は料理が好きかい？」

「はい、とても」

鈴菜は即答した。

「わたしの料理を召し上がった人に、少しでも『おいしい』と思っていただければ、それだけで幸せです。それになにより、食事って命を繋ぐものでしょう。こんな考え方は変わっているかもしれませんが、誰かのために料理を作ることは、その人に生きていてほしいっていう祈りそのものでもあると思うんです」

小学校低学年のときだった。

　理由は忘れてしまったが、たぶんささいなことで絹子と喧嘩した日、鈴菜は本当の両親を捜しに行くと言って家出した。

　両親の居場所に心あたりなどないどころか、死んでしまったのだと薄々と勘付いていたというのに。

　当然のことながら、両親は見つからなかった。

　あちこち歩き回るうちに迷子になった。

　やがてお腹がすいて、公園でうずくまって泣いていたら、絹子が迎えに来て、めそめそと泣く鈴菜をおんぶして家路についた。

　絹子の背中は温かく、ふたりの足元に長い影を作る夕陽がきらきらと眩しかった。

　帰宅後に絹子が作ってくれたオムライスは、今まで食べたどんな料理よりもおいしかった。食べながら、涙と洟で顔がぐちゃぐちゃになった。

　悲しかったのではなく、お腹が膨れていくのにしたがって、胸が絹子から注がれる愛情で満たされていくことを強く感じたのだ。

（食べることは、生きること。食べさせることは、生かすこと）

　あの日以来、鈴菜はそれを信条としている。

　ふと視線を感じて目線を上げれば、理人が大まじめな顔をして鈴菜の顔を見ていた。

　あまり真剣に自分の考えていることを聞かれると気恥ずかしくて、鈴菜は紅くなる。

「そ、そういえば理人さん、お話があるって」

取り繕うようにあたふたと話を変えると、理人はいつも通りの軽い口調で応じた。

「ああ、そうそう。そうだった。鈴ちゃんが一生懸命に話す姿があまりにも可愛くて、つい見とれてしまったよ。……さて、なにから話したものか。ときに君、これまではここの二階で暮らしていたようだが、引き払ってしまうのだったね。で、今後、行くあてはあるのかい？」

「ええ。今週末に内見に行く予定なんですけれど、墨田区の向島（むこうじま）のほうに良い物件を見つけまして、そこに引っ越すつもりなんです」

鈴菜は冷蔵庫に貼っておいた物件情報のコピーを外し、理人に渡した。

まず間取りをざっと見てから、理人が眉根を寄せる。

「ずいぶんと狭いな。だいいち、風呂がないじゃないか」

「物はおおかた処分してしまいますから、狭いのは大丈夫です。お風呂は銭湯ですよ。台東区や墨田区周辺には良い銭湯がたくさんありますからね」

「ふうむ。……ん？　家賃は一万二千円？　……いやに安くないか」

「築五十年で、夏は暑く、冬は寒いとか……。あとは天井からヤスデが降ってきたり、過去に口にするのもおぞましい事件があったとかで、その破格なのだそうです」

「要するに事故物件か。おや、しかも一階なのか」

「はい」

「オートロックは？」

「ないですよ、そんな安物件にそんなハイテクな装置は」

鈴菜はからからと笑ったが、理人のほうは真顔だった。

「鈴ちゃん」

「はい」

「却下だ」

理人はにこりと笑ってそう言うなり、物件情報のコピーをぐしゃぐしゃと丸めた。

「ああーっ！　な、なにするんですか！」

「却下だ却下！　こんなところ、年頃の女の子が住むようなところじゃない！」

いつも笑みを絶やさない理人が、なにやらものすごい剣幕で怒っている。

驚いてぽかんとしていると、彼は深くため息をつき、気を取り直したように口にした。

「まして君は、どうせ自覚していないのだろうが、美少女だ。黒目がちの大きな目に長い睫毛（まつげ）。透き通るように蒼白い肌。桜色の頬に薔薇色の唇……。まるで俺の勤め先の博物館に所蔵されているビスクドールだ。俺は熟女好きだから君は恋愛対象外だが、それはともかくとして、国宝級の美少女を――ということをおいても、女の子をこんなセキュリティがゆるそうなところには住まわせられない」

「そんなことを言われても……」

理人が熟女好きという人生のなんの役にも立たなさそうな情報をいきなり押しつけられて、鈴菜は辟易するしかない。そんな彼女に、理人はさらに続けた。

「もちろん俺は君が悪いあやかしをグーでパンチして撃退したり、料理やお菓子の力であやかしを浄化できるのを忘れたわけじゃない。だが、悪いあやかしを力業(ちからわざ)でねじ伏せられるからといって、人間の男にもそれが通用するとは限らないんだよ。暴漢が侵入してきたら、君は自分の身を自分で守れるかい？」

鈴菜は少し考えてから、首を横に振った。

「相手が成人男性の場合は、不可能だと思われます。生物学的に。男女共同参画社会とはいいましても、筋肉量が違いますから」

「うん。ね、ほら、危険だろう。というわけで、この物件はやめておきなさい」

「でも都内のアパートはどこも家賃がお高くて、上野の大学までの通学時間や定期代も考えると、ここくらいしかないんです」

するとその言葉を待っていたとばかりにカウンター席の理人が身を乗り出してきた。

「観音裏(かんのんうら)に良い家がある」

「観音裏？」

鈴菜はぱちぱちとまばたきをして訊き返した。

観音裏とは浅草寺周辺ではなく、駅から少し離れた奥浅草エリアのことを指す。観光地としては縁結びと招き猫で有名な今戸(いまど)神社や、五月と六月に植木市で賑わう浅間(せんげん)神社などが有名だが、仲見世や伝法院通りほど人の往来はない。

「浅草駅から徒歩圏内で、むろんここからもそう遠くはない。家政婦として住み込みで働いてくれる人を募集しているんだ。君のように霊感がある子ならなおよしとか」

「そんなお家が？　どちらですか？」

鈴菜が言い終える前に、理人はスーツの胸ポケットからペンを取り出し、紙ナプキンにさらさらと地図を描きはじめた。

吉野橋(よしのはし)、都立高校、今戸神社……。

さらにその先に二つ、三つ、折れ線で曲がり角を描いてから、理人は簡単な家の絵を描いた。

「ここだ」

「……ここって、理人さんのご実家の別邸——理紅君のお家じゃないですか！」

「うん、そうだよ。子供の頃はよく遊びに行っていたから、懐かしいだろう？」

「からかわないでください。わたしはまじめに物件探しをしているんですから」

鈴菜はカウンターに手を伸ばすと、ぐしゃぐしゃに丸められた事故物件情報の紙を取り返した。

「……うーん、怒った顔も可愛いな。理紅が惚れるのも頷ける」

もう理人のたわごとは無視することにして、大事なコピー用紙の皺を伸ばしていく。

鈴菜の機嫌をだいぶ損ねてしまったことにやっと気が付いたのか、理人は急に慌てた様子で言った。

「いやいや、待ちなさい。からかってなんかいやしないさ。本当のことだよ、水守の別邸が家政婦を募集しているのも、理紅が君にぞっこんなのも」

後者は聞き流して、鈴菜は前者のほうだけ一応耳を傾けることにした。

「理紅君のお家には、すでに新しいお手伝いさんがいらっしゃるでしょう?」

もともと雇われていた老夫婦は、三月の末をもって故郷に帰ってしまった。

余生は自然豊かな田舎で夫婦ふたり、のんびりと過ごしたいという理由であって、なにか問題があったわけではない。

餞別として喫茶『三日月』の焼き菓子の詰め合わせと手紙を渡したらたいそう喜んでくれたし、長年仕えていた理紅との別れを惜しんで涙する姿もこの目で見た。

四月一日からは、さっそく代わりのお手伝いさんがふたり来たと聞いている。

鈴菜は会ったことがないが、新しいお手伝いさんというのは、本業が超有名な売れっ子幻想小説家だという得体の知れない青年と、その青年とは縁もゆかりもないあやかしの少女だそうだ。

　さきほど白兎の因幡から渡された名刺の一枚に『千早あやかし派遣會社』とあったが、ひょっとすると少女のほうは、そういった会社から派遣されてきたあやかしなのかもしれない。

　いずれにしても、若いお手伝いさんがふたりもいれば充分なのではないかと思う。

　鈴菜がそれを指摘すると、理人はぽりぽりと頭を掻いた。

「まあそうなんだが、ちょっと特殊な事情ができてしまったんだよ」

「……特殊な事情？」

「一週間ほど前からかな、理紅が食事を受け付けなくなってしまったんだ」

「え、一週間も？」

「なにか口にしても吐いてしまうんだよ」

「それって、まさかまた——」

　鈴菜がサッと血色を変えると、理人は「いや」と即座に否定した。

「憑きもののたぐいじゃない。ひだる神に憑かれていたときの理紅のことは、……兄として恥ずべきことだけど、俺は本邸に住んでいたから知らなかった。だけど、憑きものとは違うと思うんだ。水守家は神職の家系だから、俺もそれはなんとなくわかるというか……」

「じゃあ、胃腸かどこかが悪いんですよ。だったら、相談する相手を間違えてます。わたしはただ料理が好きなだけの、ごく普通の女子大生なんですから」

「悪いあやかしをグーでパンチできるのが普通の女子大生なのかどうかはさておき、理紅のことはもちろん内科の先生にも精神科の先生にも診(み)てもらったよ。——が、どこも異常なし。しかし不思議なことに……」

理人はまだ小皿に残っていた星形のクッキーをつまんでみせた。

「君の手製の菓子や料理だけは食べられるんだ。俺がこのところここへ通っているのは、もちろん君の可愛い顔を見にくるためでもあるけど、理紅が唯一口にできる食糧を確保するためでもあった。鈴ちゃんお手製のお菓子や弁当を俺がせっせと届けているからこそ、あいつは入院するでもなく、衰弱するでもなく学校に通えている」

「そんな奇妙な話がありますか？」

「さあ、奇妙かどうか……。だってほら、理紅と俺は母親が違うだろう？」

鈴菜はどう反応すればよいのかわからなかった。

幼馴染だから、理人と理紅が腹違いの兄弟であることは、いつのころからか知っていた。そしてそれこそが、理紅だけが家族から切り離され、別邸で育てられた理由であることも。

理紅には本当の母親がいない。

五年前に理紅の祖父が亡くなったとき、鈴菜も葬儀に参列した。

鈴菜はそこで偶然、彼の親族の女性たちが話すのを聞いてしまったのだ。

理紅と理人は半分しか血が繋がっていない。

理紅は、彼の父親が吉原(よしわら)で囲った愛人に生ませた子供なのだと。

理紅の母親はお産がきっかけで命を落としたが、遺骨が残っていないのは、死後に幽鬼のように消えて、花になったとか、蝶になったとか――。

その後は理人の母が理紅を引きとり我が子のように慈しんで育てたが、理紅の父が人外の子かと気味悪がって、理紅が小学校に上がったのと同時に本邸から追い出した……そんな話だった。

真偽のほどは不明だが、理紅の母親の正体が何者であれ、兄弟の母が違うことだけは確かなようだ。

理人はつまり、こう言いたいのだろう。

自分たちは母親が違う。もしも理紅の母が人外のものであるならば、その血が半分流れている理紅の身体には、常識では考えられない奇妙なことが起こっても不思議ではない――と。

「いっそのこと、いちど、あやかしのお医者様に診ていただくのはどうでしょうか。さっきここに来ていた白兎が置いていった名刺の一枚があやかし診療所の院長先生のものでしたよ。神楽坂にあやかしを専門に診るお医者さんがいるらしいんです」

「だめだめ、あやかし診療所があるのは俺も知ってるけど、だめだよ。鈴菜ちゃんはあやかしに対して偏見がないかもしれないが、理紅はたぶん気にしてるから！　あやかし診療所なんて死んでも行かないと思うよ」

「……そうですか。まあでも、そうなりますか……」

あやかしの子だという理由で実の父に拒絶されたという話が本当なのだとすれば、確かにそうなるだろう。無理にあやかし診療所に連れていけば、理紅の心が深く傷つくかもしれない。

「もちろん一番大事なのは命だ。いよいよあやかし診療所にでも行かなければ理紅が死ぬかもしれないという事態になったら、俺は迷わずあいつを連れていくよ。百鬼とかいう医者はかなりぼったくるらしいが、治療費でもなんでも俺が出すさ。でもねぇ、いまはほら、単に君の作ったもの以外は受け付けないというだけのことだから」

『だけ』というにはだいぶ深刻な事態だと思うが、なにかと弟を気にかけている理人が真剣にそう語るので、鈴菜は勢いに圧されて「はあ」とうなずいてしまった。

「でも理紅君も、毎食毎食、冷えたお菓子やお弁当ばかりじゃ可哀想ですね。ここに来れば出来立てのお料理を出してあげたのに。なんなら近所ですから、自転車で出前にうかがったって良かったんですけど」

「鈴ちゃんがそんな風に気遣ってくれてるんだと知ったらあいつも喜ぶだろうけど、二年生になってから理紅も剣道部の主将だから帰りが遅くなるから、君に負担をかけたくないんだろう」

「負担だなんて。理紅君らしいですけど、子供は気を遣わなくたっていいのに」

　小さくため息をつく鈴菜に、理人は苦笑した。

「理紅は君にとって子供なのか」

「そりゃあ、わたしより二歳も年下なんですから、可愛い弟のようなものです。理紅君だってわたしのことを姉と呼んで慕ってくれますし。アラサーの理人さんからしたら理紅君もわたしも子供でしょうけど」

「俺からしたらもう、君も理紅も赤ちゃんだね」

「赤ちゃんは言い過ぎです」

　すかさず言い返してから、鈴菜は話を元に戻した。

「それで、わたしが理紅君のお家で住み込みの家政婦として働くというのは、つまり主に理紅君の食事を作る仕事をすればよいということですか？」

　理人は首肯する。

「察しが早くて助かるよ。君には料理係、兼、理紅の世話係になってほしいんだ」

「だけどわたしが雇われたら、現在住み込みで働いていらっしゃるお手伝いさんたちのお仕事がなくなってしまうんじゃないですか？」

「仕事は減るが、給金はそのままだと言ったら小説家のほうは喜んでいたよ。朝顔と いう名のあやかし少女のほうはちょっと申し訳なさそうだったが、あまり身体が丈夫じゃないというから、ちょうどいいくらいだろう。どうだろう、誰にとっても悪くない話だと思わないか？　個室の使用人部屋には冷暖房完備。食事は三食まかないで、水道光熱費も無料。Ｗｉ-Ｆｉも飛んでいる。おまけにとても安全だ」

住み込み。冷暖房完備。食事は三食まかない。水道光熱費無料。Ｗｉ-Ｆｉ完備。台東区から墨田区へ転居する場合に必要となる、地味に面倒な手続きも省ける。

「――引き受けてくれるかい？」

鈴菜には断る理由が見つからなかった。

「やります！　いいえ、やらせてください！」

俄然やる気になって胸の前で両手を握りしめると、理人はにっこりと微笑んだ。

「では交渉成立だ」

すっかり冷めてしまったであろう『三日月』ブレンドをひとくち飲み、小声で呟く。

「ふふふ、理紅の驚いた顔が目に浮かぶよ」

悪戯っぽく紡ぎだされた理人のひとりごとは、鈴菜の耳には届かなかった。

その週末は、まだ五月だというのに夏が一足とびに来てしまったかのような暑さだった。

常に四季の花々に彩られている吉野橋は桜に代わり、躑躅が見頃を迎えていた。濃緑の葉はみずみずしく伸び、紅梅、桜、水紅色に染まった大ぶりの花々を見事に咲かせている。

吉野橋を渡り、都立高校の角を曲がる。

今戸神社の前を通り過ぎて、さらに歩くこと五分。

鈴菜は目的地――『水守』という表札がかかった木造二階建ての家に辿りついた。

長い赤煉瓦塀に囲まれた大邸宅は和洋折衷の造りになっており、母屋の壁は白漆喰で塗り固められ、いくつもついた小窓の奥には障子が見える。

さしあたって必要な荷物だけを旅行鞄にまとめてきた鈴菜は、薄紫の藤の花房がかかった門の前に立ち、インターホンを押した。

『は、はい。どちら様でしょうか……』

水晶を触れ合わせたような透き通った少女の声が応対した。

事前に理人が話していた、あやかしの朝顔という女の子だろう。

「今日からこちらで働かせていただくことになりました、柚月鈴菜です」

鈴菜が言うと、少女の声が心なしかほっとしたようにやわらいだ。

『お鈴さん。はい、理人様からお話はうかがっております。少々お待ちくだ……』

『……朝顔。あなたはそこで待っていなさい。理人様や理紅様の幼馴染ではあっても、どんな変な女かわかったものではありません。あなたの可憐さに妙な気を起こして、あなたをかどわかすかもしれない。私が応対に出ます』

少女が言い終える前に、どこか気だるげな青年の声が割り込んできた。

マイクが切れていないことに気が付いていないのか、言いたい放題である。

ややあって、門の奥の玄関扉が開いた。

現れたのは、白いシャツに黒いズボンというシンプルないでたちをした青年である。

おそろしく色素が薄く、生まれてこのかた陽にあたったことがないような雪の肌に、癖のあるふわふわした亜麻色の髪をしていた。

紅い薔薇の生垣に挟まれた通路をのろのろと歩いてくるその姿は、まるで少女漫画のひとコマだ。昭和の少女漫画に登場しそうな、いかにもな美少年——いや、美青年であった。歳の頃は二十二、三歳といったところか。

青年はたっぷりと時間をかけてこちらまで来ると、大儀そうに門を開けた。

「お待ちしておりました、柚月鈴菜さん。私は理紅様の家庭教師、兼、掃除と洗濯を担当しております雨宮瑠衣と申します」

「料理係をつとめさせていただきます、柚月鈴菜です。よろしくお願いいたします」

理紅の使用人はふたりだけだと聞いているので、この雨宮瑠衣なる青年が理人の言っていた『得体の知れない小説家』だろう。確かにちょっと変わっていそうというか、無愛想であったが、何事も最初が肝心である。

鈴菜は勇気を振り絞り、にこやかに挨拶したあとで握手を求めて片手を差し出した。

ところがなんと――一瞥されただけで無視された！

（おいおいおい！　そこは社会人なんだから、……おおい！）

空中で引っ込みがつかなくなった手をどうすればよいのかわからず硬直していると、薔薇の生垣の向こうの扉が内側からおずおずと開いた。

ためらいがちに建物の中から出てきたのは、まだ中学生くらいの、和服姿の小柄な少女である。しかし、ただの少女ではない。絶世の美少女であった。

赤い麻の葉模様の着物をまとい、頭の両側には大ぶりの紅い椿の髪飾りを着けている。背の中ほどまで伸びた髪の毛は新雪のように真っ白で、真珠の光沢があった。

白い睫毛の奥には、紅玉のように艶めく真円の瞳。

鈴菜と目が合うと、白磁の肌をぽっと桜色に染めてうつむいてしまった。

（か、可愛い……！）

ときめきのあまり鈴菜まで紅くなってしまうと、雨宮がハッとしたように振り返り、美少女をたしなめた。

「朝顔！　どんな変な女かわからないのですから、おとなしく待っていなさいと申し上げたでしょう！」

『で、でも、雨宮……。お鈴さんがとっても綺麗なお姉様だったから、つい……』

「綺麗？」

驚いたように訊き返したのは鈴菜ではなく雨宮である。

雨宮はちらりと鈴菜を見てから、ふっと失笑した。

「……まあ良いでしょう。少々趣味が風変わりでも、あなたの魅力は損なわれるものではありませんからね、朝顔。……おや、こちらへいらっしゃるのですか？　足元にお気をつけて……」

雨宮は薔薇の道を引き返すと、恭しく朝顔の手をとって鈴菜の前へと誘った。

鈴菜は一瞬わけがわからなくなった。この家のあるじは理紅で、ほかは自分を含め、使用人のはずだ。雨宮はまるで朝顔を主人のごとく扱っているように見えるが、小説家というのは独自の世界観を持っているだけあって、ちょっと変わっているのだろうと、鈴菜はあまり深く考えないことにした。

恥じらいながらやってきた美少女と目線の高さを合わせるように、鈴菜は少し前屈みになって、あらためて自己紹介をした。

「はじめまして。柚月鈴菜です。本日から一緒に働かせていただくことになりました。これからどうぞよろしくお願いします」

　さきほどのトラウマがよぎりながらも片手を差し出すと、朝顔は白魚のような指で、鈴菜の手をきゅっと握った。鈴菜の鼓動が跳ねる。朝顔はいちいち所作が可愛くて、これはもう、雨宮が朝顔に心を奪われるのもしかたがないなと納得した。

『か、家政婦の朝顔と申します。あの、あ……、あたしの担当は、お裁縫と、お客様のおもてなしと、それから、お鈴さんのお料理のお手伝い――』

「朝顔、あなたはもう料理をしなくていいんです」

　途中で口を挟んだのは雨宮である。

　朝顔に負けず劣らず麗しい雨宮はその場にひざまずくと、鈴菜の手を握っていないほうの朝顔の手をとった。そうして、ごくごく自然に手の甲に紅い唇を寄せる。

「この綺麗な肌にまた火傷(やけど)でも負ったら……。包丁を使ったり火を使ったり、冷たい水仕事は鈴菜さんの担当です。彼女はいかにも頑丈そうですから、うってつけでしょう。……良いですか、朝顔。人の仕事を奪うのはいけないことです」

『え、ええ……、わかったわ、雨宮……』

　朝顔はしどろもどろに雨宮にうなずいてみせてから鈴菜のほうに向きなおり、

『よ、よろしくお願いします……！』

と勢いよく頭を下げた。

——その拍子に、頭のてっぺんに飾られていた紅い椿の造花が落下した。

「「あっ！」」

まず鈴菜と雨宮が同時に声を上げ、それから、

『あ……っ』

朝顔が遅れて反応し、あたふたと頭を押さえた。

しかし小さな手では、三角形の真っ白な猫耳が完全には隠しきれていない。理人は朝顔がどんなあやかしなのか教えてくれなかったが、彼女は猫又だったらしい。

耳を押さえた朝顔の頬が見る間に真っ赤に染まっていく。大きな瞳に透明の雫を浮かべ、ぷるぷると震えるその愛苦しさに、鈴菜の心臓はぎゅっと締めつけられた。

「かっ、可愛い！」

『こっ、怖がらないでください……！』

鈴菜と、耳を押さえた朝顔が声を上げたのは同時だった。

『……え……？』

ほとんど泣きべそをかいて、潤んだ目で見上げてきた朝顔に、鈴菜は笑いかけた。

「こんなに可愛い猫又ちゃんが同僚さんになるなんて嬉しい！　あらためてよろしくね、朝顔ちゃん」

『……あ、あやかしのこと、怖くないんですか？』

「人間にも善人と悪人がいるように、そんなのあやかしによりけりだよ。あやかしも人間も一緒。怖いあやかしも知ってるけど、あなたは良い子だってわかるもの」

鈴菜はハンカチを取り出すと、その場にしゃがみこんで、朝顔が頬に散らした涙をそっとぬぐってやった。

「――気が合いますね、鈴菜さん」

顔を上げると、雨宮が埃を払った椿の造花を朝顔の背後から髪に飾り直してやるところだった。

「君とはうまくやっていけそうだ」

雨宮が微笑んだ。

どうやら鈴菜が朝顔を喜ばせたときだけ、この美青年は笑顔を見せてくれるらしい。

雨宮に案内され、二階の使用人部屋に案内された鈴菜は、思わず「わぁ！」と感嘆の声を上げた。

使用人のための個室というからには、隙間風でも吹いていそうな屋根裏部屋のような空間を想像していたのだが、そこは予想とは大きくかけ離れていた。

清潔そうな寝台に、アンティーク風の書きもの机。背もたれに鈴蘭の透かし彫りが施された椅子にクローゼット、鏡にレースの布が掛けられたドレッサー。壁には燭台の形をしたランプがとりつけられており、レトロで可愛いホテルの一室のようだった。

この一室もやはり和洋折衷で、窓硝子の前には障子戸が付いている。

障子戸を開けると、硝子越しに、薔薇の咲き誇る庭園を見おろすことができた。

「ところで、理紅君はどこへ？」

入り口のあたりで待機している雨宮に訊ねると、彼は朝顔が傍にいたときとはうって変わって無表情で答えた。

「毎週土曜日は部活へ行かれます。お戻りになる前にお仕着せに着替えておいてくださいね」

彼の言う『お仕着せ』というのは、喫茶『三日月』のお手伝いをしていたときに、いつも制服として着用していた和服にエプロン姿のことだ。

ここでもそれを着て働くようにと、事前に雨宮から通達があったのである。

「お着物の色や柄はなんでもいいんですか？」

「なんでも結構です。単に朝顔に合わせて和装にしていただきたいだけですから」

「そ、そうですか……」

この幻想小説家の世界は、どこまでも、美しい朝顔を中心に回っているらしい。

鈴菜と話しているのが退屈なのか、雨宮は堂々と大あくびをしてから言った。

「ああ、その前に、浴室を洗っておいてくださいね。理紅様は部活からお帰りになるとまずシャワーを浴びられますから」

「え？　掃除係はあなたじゃないの？」

「そうですよ」

雨宮はうなずき、それからふてぶてしい態度で言ってのけた。

「ですが、私は今ものすごく締切に追われていてそれどころではないんです。察しなさい。今日はもう声をかけないように。例外として、朝顔に関する用事は除きます」

彼は一方的にそれだけ言い置くと、踵(きびす)を返してさっさとどこかへ——おそらくは自室へと引っ込んでいってしまった。

残された鈴菜はしばらくあっけに取られて立ち尽くしていたが、遅れて憤慨した。

「な、なんでそんなに傲慢なの!?」

とはいえ鈴菜も雇われの身。

なおかつ、およそ一カ月半程度の差とはいえ、この邸(やしき)のお手伝いさんの中では一番の後輩であり、下っ端である。

腑(ふ)に落ちないまま雨宮の命令に従い、五分後には一階の理紅専用だという浴室の中にいた。脱衣所の目立つ場所に丸い木製の桶(おけ)が置いてあり、その中にお風呂掃除セットがひと揃い入っている。

どうせあとでお仕着せに着替えなければならないので、濡(ぬ)れてもいいように、ここへ来たときのままのシャツワンピース姿で浴室に足を踏み入れる。

すり硝子の向こうは、ゆうに大人が三人くらいは入れそうな、広々とした浴室であった。床は漆黒の大理石で、窓枠にはなにやら観葉植物のようなものが飾られている。浴槽は、お湯を張ったら大の字になってぷかぷかと浮かべそうなほど大きい。

「浴室は初めて見たけど、こんな立派なお風呂がついているのに『別邸』なんだ……。理人さんや理紅君って、良いところのお坊ちゃまだったんだな」

しみじみとひとりごとを言いながら、シャワーのほうに向かう。

シャワーはひとつだが、なぜかひねるところ——ハンドルというのか——が四つもついている。

「お洒落(しゃれ)なお風呂の構造はよくわからない。どれをひねれば……。わわっ！」

鈴菜が叫んだのは、ちょっとハンドルをひねったとたんにシャワーから勢いよく水が噴き出してきたからだ。

頭のてっぺんから裸足(はだし)のつま先まで、一瞬にしてずぶ濡れになった。

「……着替えようっと」

夏日だから風邪をひく心配はないとはいえ、濡れた服を肌に貼りつかせたまま掃除をするのも気持ちが悪い。

鈴菜は髪の毛の先からぽたぽたと水をしたたらせながら脱衣所に戻った。

多少は濡れるだろうと思って、部屋からお仕着せを持ってきておいて正解だった。

シャツワンピースのボタンを外し、ポイと脱ぎ捨てた——そのときである。

ガチャリと音を立てて、いきなり脱衣所の扉があいた。

「雨宮、来月から衣替えなんだけど、サマーベストはどこ……」

耳によくなじんだ澄んだ低音の声。

現れたのは、三月まで鈴菜が通っていた高校の冬の男子制服を纏った——すなわち、黒のブレザーにグレーの千鳥格子のズボン、第一ボタンを開けたワイシャツには臙脂に細い黄金のストライプが入ったネクタイを締めた水守理紅であった。

卒業式以来、二カ月ぶりに姿を見せた幼馴染は、また少し少年から青年に近づいたようだった。高校二年生に進級し、生徒会長兼、剣道部の部長という責任ある立場を任されたからかもしれない。

精悍さに磨きがかかったようだが、美少年っぷりにもまた拍車がかかっていた。

部活で運動してきたせいか、前髪はわずかに乱れ、長い睫毛に縁どられた目にかかっている。眦が少し上がった、猫のそれのような瞳にはいつもどこか翳りがあるが、いまは驚いたように見ひらかれ、あられもない姿の鈴菜を鏡のように映していた。

「鈴……」

　彼の朱唇が掠れた声でそう紡いだとたん、鈴菜は蒼褪めた。

　――理紅専用の浴室の脱衣所で下着姿になるなんて、これではまるで変態だ！

　違うの、これは、と言い訳しようと鈴菜が口をぱくぱくさせると、理紅は我に返ったように鈴菜に背を向け、目にもとまらぬ速さで脱衣所を出た。

　バタン！　と勢いよく扉が閉まる。

（どうしよう、純粋培養で綺麗なものしか見たことがないであろう天使の理紅君に、変なものを見せてしまった！）

　可愛い幼馴染を汚してしまった――！

　鈴菜がくずおれて両手で顔を覆っていると、扉の向こうから声をかけられた。

「どうして鈴姉さんがいるの？」

　問われ、鈴菜は現行犯逮捕されたストーカーのように、ぺらぺらと弁解した。

「そ、それは、雨宮さんにお風呂掃除を押し付けられて！　あっ、その前に、わたし今日から住み込みの家政婦としてここで暮らすことになったでしょう？」

「住み込み？　鈴姉さんがここに住むの？」

「うん！」

「……冗談でしょう？」

扉越しでは理紅がどんな顔をしているのかわからないが、なにやら雲ゆきが怪しい。

「冗談もなにも、……え、え？　ま、まさか、理人さんからなにも聞いてないの？」

「今日から、住み込みの家政婦さんが新しくひとり来るとは聞いていたけど……」

「そう、それ！」

「鈴姉さんだなんてひとことも……」

理紅はそこで言葉を切ってしまう。

それから間を置かず、彼が黙ってその場から離れていく気配を感じた。

鈴菜は慌てて立ち上がる。

「待って、理紅君！」

脱衣所の扉をあけて廊下に飛び出すと、ぎょっとしたように振り返った理紅の腕を掴んで引きとめた。

「理紅君、わたしがここに住むのはいやだった？　だったらわたしが出ていけばいいことだから、理人さんを責めたりしないで。兄弟喧嘩だけはしないで！」

理紅は脊髄反射のように鈴菜の手を振り払った。あからさまな拒絶に鈴菜が目をむくより早く、理紅は自分が着ていたブレザーを脱いで鈴菜の肩に羽織らせる。

「僕はいやじゃないよ。それだけは誤解しないで。……動揺しているだけなんだ」

理紅は鈴菜から視線をそむけると、自分の傍らにある剣道の防具袋を手にとった。

いま部活から帰ってきたところだというのにまた剣道の稽古でもしに行こうというのか、それを持ってすたすたと玄関に向かって歩き出してしまう。

「どこ行くの？　ま、まさか理紅君が出ていくっていうんじゃ……」

理人から理紅の食事係という大事な役目を任されてここへ来たというのに、肝心の理紅を追い出すようなことになってしまっては話にならない。

自分の料理の傍を離れれば、彼はあっという間に衰弱してしまうだろう。

鈴菜は育ちざかりの可愛い弟的存在の健康と身の安全を、責任をもって守らなければならない使命があるのだ。

鈴菜は奮起して、大型犬の身柄を確保するかのようにうしろから理紅に抱きついた。

あまりに必死だったので、広い背中に密着した瞬間に彼が息を呑んだことにも、体温がわずかに上昇したことにも気が付かなかった。

「だめ！　家出なんかさせない！　どうしても出ていくっていうなら、疑似姉のわたしを倒してから行きなさい！」

前に回された鈴菜の手の甲に、理紅はそっと触れた。

「……鈴姉さん、自分がいまどんな格好をしているのかわかってるの？」

なにかを抑えたような声だった。

（――理紅君は怒りを抑えている！）

鈴菜は自分なりに空気を読み、バッと彼から身を離した。すっかり忘れていたが、自分はいま、下着の上下に理紅のブレザーだけを引っかけた、露出狂のような格好をしていたのだった。

「ひぃ、ご、ごめんなさい！　お見苦しいものを……！」

さきほど彼が寄越してくれたブレザーの胸元をかきあわせ、鈴菜はかつてリレーの選手にも選ばれたことのある脚力で脱衣所まで駆け戻った。

我ながら卑怯だが、ブレザーがこちらの手元にある限り、彼は必ず帰ってくると思った。母校は十月から五月末までは登下校の際にブレザーを着用しなければならないという校則があるからだ。

嵐のように現れ、そして去っていった鈴菜が籠もった脱衣所の扉を、理紅はしばらくその場に立ち尽くしたまま見つめていた。

しどけない姿で立っていた、幻のように白く美しい幼馴染の姿が眼裏に焼きついて消えない。

触れたらたちまち壊れてしまいそうなほど、腕も、脚も、肩も細かった。彼女は昔から華奢なのだ。けれど年上の幼馴染はもう、少女から女性に変貌しつつあった。

腰はまろやかで優美な曲線をえがいていたし、背後から抱きつかれたとき、背中に弾力のある柔らかな感触がした。あのふたつの膨らみは、もしかしなくても――。

『理紅様、お帰りになっていらっしゃったのですね』

後ろから声をかけられて、理紅は現実に返った。

取れかかったボタンをつけ直してくれていたのか、高校の制服のシャツを片手にかけた朝顔が、微笑んでそこに立っていた。

彼女は四月からこの家で住み込みで働いてくれている猫又だ。

三月までは夕顔（ゆうがお）というふたごの妹とともに、東京郊外の会社の御曹司の家で働いていたそうだが、どうも彼女の目には、夕顔と主人が良い仲に見えたそうだ。

自分はお邪魔虫になってしまうのではないかと危惧した朝顔は、表向きは『妹離れをするため』という名目で勤めていた邸を去り、その後、あやかし派遣會社の紹介でここへと流れ着いたらしい。

（『妹離れ』か……）

なにとはなしに、憂鬱になる言葉だった。

猫又姉妹と違い、一滴たりとも血の繋がりがないのに、年下の幼馴染という理由だけで鈴菜は昔から自分を弟扱いしてくる。その事実をいやでも思い出してしまう。

（俺にとっては鈴はもうとっくに姉さんなんかじゃないのに）

それでも、鈴菜が自分の傍にいてくれさえすれば、弟扱いでもなんでも良かった。

だが、傍にいてくれればの話だ。

どういった心境の変化か、理人いわく、彼女は大学に入学したとたんに『理紅君のためにも弟離れする』と言い出したというのだ。

そして実際に、彼女からの連絡は途絶えがちになった。

ならばこちらから連絡すれば良いだけだが、彼女の真意がわからない以上、いつもメッセージを送る直前、電話をかける寸前で手がとまった。そうしているうちに五月になった。

ところがそうやって自分の心を乱し続けた彼女が、今日になっていきなり自分の目の前に再び現れたのである。それも、あんな扇情的な姿で――。

『た、大変！　理紅様のお顔が突然真っ赤になってしまいました……！　軽い熱中症を起こされたのかもしれません……！』

またしても心ここにあらずになっていた理紅は、慌てふためいたような朝顔の声でハッとする。

『雨宮、雨宮！　急いで理紅様に経口補水液をお持ちして！』

朝顔が二階にいる彼女の従僕――否、同僚に呼びかけるのを、理紅は苦笑いを浮かべて制した。

「大丈夫だよ。……熱中症じゃないから」

『ですが、念のため、少しお部屋でお休みになられていてください。あとでお鈴さんに滋養のあるものを作ってもらい、持っていっていただきますね』

一瞬『お鈴さん』にピンとこなかったが、それが鈴菜のことだとすぐに悟ると、理紅は弾かれたように言った。

「だめだ！」

『あっ、えっ、ご、ごめんなさい……！』

「あ……大声を出してごめん。でも、今日いっぱいは鈴姉さんを僕に近づけないで」

『まあ。理紅様はお鈴さんをお慕いしているのでしょう？　仲違いでもなさったのですか？』

「仲違いというか……」

口ごもっていると、ちょうど良いところへ雨宮が登場した。理紅の前では見せない笑顔を朝顔には惜しみなく振りまいて、彼女の雪色の前髪を優しく撫でる。

「私の可愛い朝顔姫。思春期の少年には色々と難しい問題があるのです。そっとしておいてさしあげなさい」

『よくわからないわ、雨宮』

「わからなくていいんです。あなたはまだ」

雨宮は睦言のように囁くと、彼女の両脇に手を差し入れてひょいと抱き上げた。

『子供扱いしないでちょうだい。あたし、こう見えて雨宮よりずっと長生きなのよ』

「わかっていますよ。白猫の姫君」

『……そ、それならいいのよ』

理紅にはこのふたりの関係がよくわからないが、たとえ一方的に雨宮が彼女に心酔しているのであろうと、恋人関係であろうと、朝顔はこう見えて齢百を超える立派な大人なのだ。自分が関与することではないだろう。それに、朝顔もまんざらではなさそうにおとなしく雨宮の首に抱きついている。

「……雨宮、助かった」

理紅は深くため息をつくと、防具袋と藍染めの袋に収めた竹刀を手にして再び邸の外に出た。

理紅がメッセージアプリのグループ機能を使い午後の稽古に付き合ってくれる部員を募ったところ、予備校や彼女とデートの予定がある部員のほかは参加してくれた。

区立体育館の道場を借りて、心ゆくまで仲間と竹刀を交えているうちに、ふしだらな雑念が払われていくのを感じた。日が暮れて夜になり、銭湯で身を清めてから理紅が帰宅した頃には、もう夜の十時近くになっていた。

外から自宅の二階を見上げると、朝顔の部屋と雨宮の部屋の窓から明かりが零れていた。朝顔は繕いものを、雨宮は執筆でもしているのだろう。

ただ、鈴菜の部屋は真っ暗だった。もう眠ったのであればよいが、さきほどの自分の態度に気分を害して出ていってしまっていたなら――？

にわかに焦燥感に駆られて、理紅は足早に門を抜け、薔薇の香りが漂う小径を通り、玄関扉の鍵を開けて邸に入った。

いつもの癖で洋風の設えの食堂に向かうも、そこに人影はなく、しんと静まり返っている。薄明かりの灯る廊下を曲がると、居間の襖から細く柔らかな光が零れていた。

そっと開けると、虞美人草を伏せたような形の天井灯に明かりがついていた。

円形のちゃぶ台の上にはラップのかかったナポリタンとサラダの皿がそれぞれ二枚ずつ置いてある。そのかたわらでは、鈴菜が腕を枕にしてちゃぶ台に突っ伏している。

その格好を見て、理紅はまず安堵した。深緑に黒の縦縞もようの袷に紅い半襟、赤い薔薇の絵が描かれた帯、そして丈の長いひらひらしたエプロン姿。

可愛い幼馴染は洋装も和装もよく似合うが、露出の少ない格好で良かった。

そうでなければ、わざわざ雑念を消し去りに行った意味がなくなってしまう。

とはいえ、上には雨宮や朝顔がいるとはいえ、男の家で隙だらけの寝姿を晒すのは、

　さすがに無防備すぎやしないだろうか。

肩に届きそうで届かない長さの髪が、彼女の頬にかかっている。

　もっと鈴の顔を見たい。

　柔らかな髪に触れたい。

　引きつけられるような心持ちで彼女の頭に触れようとしたとき、鈴菜の長い睫毛が小さく震え、桜貝のように薄い瞼（まぶた）がゆっくりと持ち上がった。

　熱いものに触れてしまったように、理紅はすぐさま手を引っ込める。疾（やま）しい気持ちを彼女に見抜かれるのを恐れて、彼はごまかすように口火を切った。

「鈴――姉さん。この料理は姉さんが？　……ずっと待っていてくれたの？」

「うん。……でも、いつのまにか寝ちゃった」

　鈴菜は眠たげに目をこすり、むにゃむにゃ言ってから、急に頬を赤くした。

「わたし、よだれ垂らしてなかった？　美しい理紅君の前で変顔晒してなかった!?」

「……姉さんは、いつも……可愛いよ」

　理紅はものすごく勇気を振り絞ってそう伝えたのだが、「それならいいんだけど」と、鈴菜の反応は拍子抜けするほどあっさりしており、がくりと肩を落とした。

「あのね、雨宮さんからは理紅君を待たずに早く寝るようにって言われたんだけど。さっき、ちゃんと話ができなかったから……」

鈴菜は眉をハの字にして、きまり悪そうに視線をさまよわせた。

(あんな……あんな姿の鈴を前にして、ちゃんと話なんかできるわけないだろう!)

理紅は口をつきかけた盛大なツッコミを、音にはせずになんとか呑み込んだ。

「理紅君……」

理紅の胸中など知るよしもない鈴菜は、両手をきちんと膝の上に揃えると、あらたまった様子で彼のほうを向いた。今度はなにを言い出すつもりだろうかと身構えた理紅だったが、彼女がふわりと微笑んで口にしたのは予想外の言葉だった。

「お帰りなさい」

だが笑ったのはほんのひとときで、その大きな瞳はたちまち涙に濡れてしまった。

「理紅君の制服のブレザーを人質……、服質? にしていたとはいえ、理紅君がちゃんと帰ってきてくれてほっとしたよ。あっ、匂いとか嗅いでないから安心して!」

後半は無視して、理紅は今にも彼女の瞳から零れ落ちそうな涙を親指で掬(すく)った。

「……鈴姉さん。そんな顔されたら、また雑念を払いに行かなきゃいけなくなるよ」

「雑念?」

潤んだ瞳に理紅の姿を映し、鈴菜が小首をかしげる。理紅はとっさに固く目を閉じ、懊悩(おうのう)した。鈴菜の無自覚な愛らしいしぐさが雑念を呼び起こすのだ。

もう愛くるしい彼女の顔をこれ以上は見るまい、また自分が悶々(もんもん)としていることを悟られまいとして、理紅はとっさに彼女の頭を引き寄せて、胸に抱きしめた。

「なんでもないよ。……ただいま、鈴姉さん」

鈴菜が驚いたように身を硬くしたのは束の間で、彼女はすぐに力を抜いて彼に身体を預けてきた。

理紅は逆にそれが虚しかった。鈴菜がまるで自分を男として意識していないということを、いよいよ確信してしまったからだ。


鈴菜はすっかり冷めてしまったナポリタンをレンジにかけ、鍋に作っておいたコンソメスープを温め直すと、ちゃぶ台に並べなおした。

この邸宅には居間とは別に洋卓のしつらえられた立派な食堂があるのだが、ふたりで食事をするには広すぎる。

いただきます、とふたりで手を合わせ、遅めの夕食をとりはじめる。

アルデンテではなく柔らかめに茹でたスパゲッティにトマトケチャップを絡めて、厚切りのベーコンとピーマンを和えた、純喫茶の王道のナポリタンである。三日月流なのは、仕上げに黒コショウとパセリを少々まぶすところ。

鈴菜はまずはサラダをつつきつつ、向かいでフォークに絡めたナポリタンを上品な所作で口に運ぶ理紅の姿を観察した。

天使のような美少年は食べ方も美しい……。

凝視していたせいか、こちらの視線に気づいたように理紅が鈴菜の顔を見た。

ただ眺めていただけなのだが、彼は律儀に味の感想を述べてくれた。

「おいしい。最近は兄さんが鈴姉さんのお手製のお弁当を届けてくれていたけれど、ナポリタンは久しぶりだな。昔食べた味のままだ」

「でしょ？　わたし、ちゃんと絹子さんからレシピを受け継いだんだよ」

褒められると素直に嬉しくて、鈴菜は顔をほころばせた。

それからコンソメスープをひと口飲み、気になっていたことを訊いてみる。

「理人さんから聞いたの。理紅君がわたしの作ったもの以外、食べられなくなってしまったって。原因はまだわからないの？」

「わからない。でも……心あたりはある」

「どんな？」

鈴菜が期待を籠めて訊き返すと、理紅はフォークを置いた。

そうして、だしぬけにボタンを外しはじめ、前をひらいた。

「な、なんてこと……」

鈴菜は目を見ひらき、口元に手をあてた。

理紅の半裸を見るのは六、七年ぶりである。最後に見たのは鈴菜が小学校六年生、理紅が四年生のときだ。大福餅のような体型だったのになぜか水に浮かなかった運動音痴の彼に、区民プールで水泳を教えてやった夏休み以来だと思う。

あのときは、理紅は男の子なのになぜ胸に膨らみがあるんだろうかと不思議に思うくらいぷよぷよの可愛いマシュマロ男子だったのに、いまや、あの頃のもちもち感がまるでなくなっている。

高校の修学旅行で函館のトラピスチヌ修道院に行ったときに見た、大天使ミカエルの像が鈴菜の頭をよぎった。

顔立ちは人形のように美しく中性的なのに、身体は芸術作品の男性そのものだ。広い肩に、鍛えあげられた厚い胸、割れた腹筋……。

「……気が付いた？」

静かに問われ、鈴菜はこくこくとうなずいた。

「理紅君は天使は天使でも、チョコレートのエンゼルマークのほうの天使じゃなくて、大天使ミカエル様だったんだね！」

「え……天使？　鈴姉さん、なに言ってるの」

「えっ？」

「僕が言っているのは、この痣のことだよ」

　理紅は長い睫毛を伏せ、胸の真ん中より少し左——心臓の上の辺りに触れた。

　鈴菜は畳の上に手をついて、身を乗り出してよく見てみる。

　象牙色の皮膚の上に、確かに痣がある。

　腹筋のほうに気をとられていたせいで見えていなかったが、プチトマト大で、相当に目立つ紅い痣だ。でも……。

「痣なの？　それ……？　タトゥーシールとかじゃなくて？」

　理紅が嘘をついていると思ったわけではないが、自然にできた痣にしては形がおかしい。正三角形を三つずらして重ねるとできる、とげとげした九芒星の形をしているのだ。それに獣がひっ掻いたような紅い線が一本、斜め上から尾を引いている。

「痣だよ。触ってみる？」

　理紅は微笑を浮かべると、鈴菜の手をとって自分のほうへと引き寄せた。

　鈴菜は指先で、おそるおそる不思議な九芒星をなぞる。それはあくまで平面的で、シールというにも入れ墨というにもしっくりと彼の身体になじみすぎていて、確かに痣なのだと理解した。

「なんだか、火球みたいだね」

　鈴菜は頭の片隅に追いやられていたことを急に思い出した。

「大型連休の前に都内でいくつも目撃情報があったって。ニュースで動画も見たけど、大きな紅い流れ星みたいで……まさにこんな感じだったの」

「……火球じゃなかったよ」

　そろりと彼が呟いた。

「理紅君も見たの？」

「うん。学校の帰りに、見てしまったんだ」

　理紅の声は穏やかだったが、どこか忌々しげな口調でもあった。

「見ると、なにかよくないことでもあるの？」

「妖星（ようせい）だったから」

「ようせい？」

「人ではないものや、ごく一部の人間が見ると病を得る。罹患（りかん）すると、この痣が浮かぶらしいよ。連休中に資料館に行って、古い文献をいくつもあたって調べたんだ」

　彗星（すいせい）が宇宙から未知の病原菌を運んでくるという話は聞いたことがある。

　あやかしは実在するから、人ではないものを病気にする彗星が存在していても確かに不思議ではなかった。

　でも、理紅は人間ではないか。いや、でも人間が罹患することもあるのか……。

　鈴菜が混乱して口を閉ざしてしまうと、彼はボタンを閉めて着衣を整えた。

「ほかにもね、一度は死んだのに黄泉（よみ）から還った人間は黄泉がえりと呼ばれて、胸に紅い三日月の形の痣が浮かぶんだって。……それは妖星とは関係ないけど、異様な形の紅い痣は、その持ち主が病んでいる証拠だっていうことだよ」

「痣は病気の証拠……。じゃあ治れば消えるってことだから、わかりやすいね。でも、どうすれば理紅君の病気は治るんだろう。大事なのはそこだよね」

「確証があるわけじゃないけど……」

と前置きをしてから、理紅は自信なさげに言った。

「人の細胞は遅くとも三カ月から四カ月で全部入れ替わる。四カ月後の僕は、極端に言えば今の僕とは別人なんだ。だからきっと、鈴姉さんの作ったものを食べて普通に生活していれば治ると思うんだ」

「本当？」

「もし治らなかったら、新宿区に良さそうな先生がいるって兄さんから教わったから、行ってみるよ」

新宿区……。

（神楽坂にあるっていう、あやかし診療所のことかな。でも理人さんの話では、理紅君はなぜか自分が半分はあやかしかもしれないということが耐えられない感じだった。……あやかし診療所に行かなくて済むなら、それに越したことはないよね）

鈴菜としては一刻も早く優秀な先生に診てもらい、病気を治したほうがよいのではないかと思うが、理紅が自分が半妖かもしれないことを拒むなら、その気持ちを尊重してあげなければならない。なにしろ、思春期の子供は傷つきやすいのだから。

「食事中にごめんね。食べよう」

理紅がそう言って話を切りあげたので、鈴菜も元の位置に戻り、食事を再開した。

ナポリタンを食べながらも妖星のことが頭を離れず、ぼんやりと理紅の手元を見つめているうちに、鈴菜は重大な発見をしてしまった。

「理紅君！」

「なに？」

「ピーマン！　食べられるようになったんだね！」

小学生の頃の理紅は、それはそれは偏食な子で、野菜などいっさい食べなかった。とりわけピーマンが大嫌いで、いつも皿の隅っこに避(よ)けていたものだ。そんな理紅を甘やかして代わりにピーマンを食べてやっていた自分も悪かったのだが。

理紅の物理的のみならず、精神的な成長をまのあたりにし、鈴菜は姉を通り越して母親のようなまなざしで彼を見つめた。するとたちまち理紅の表情が暗くなる。

「……ねぇ。僕、もう子供じゃないんだよ」

「うんうん、ちゃんとわかってるよ。理紅君は、物理的にも大きくなったもんね」

……嘘だ、やっぱり全然わかってない、と音にならない声で理紅は呟いたが、ナポリタンをフォークに巻きつけるのに忙しい鈴菜の耳には届かなかった。

二

半妖とたまごプリン

五月も下旬にさしかかった月曜日。

奥浅草の水守の別邸のあるじである高校二年生の理紅、そして土曜日から彼の世話係兼食事係として入った大学一年生の鈴菜がそれぞれ学校に行ってしまうと、広い邸にはふたりの使用人だけが取り残された。

洗濯機を回しているあいだに門前を掃き清めておこうと雨宮が庭先に出ると、手鞠(てまり)模様の袷に白の帯、フリルのエプロンを着けた朝顔が、鼻歌を歌いながら紅薔薇に水をやっていた。

「おや、朝顔。なにやらご機嫌ですね」

小鳥のように可憐な声で歌っていた彼女は、雨宮に聞かれていたことを恥ずかしく思ったのか、たちまち頬を薄紅色に染めてしまった。

(これほどまでに一挙手一投足のすべてが愛らしい少女が朝顔のほかにいるだろうか？　いや、いるまい)

雨宮は反語の用法で彼女のすばらしさを黙って讃えた。

そんなことは露知らず、朝顔が袂から大事そうに取り出したのは、薄水青のリボンがかけられた透明のラッピング袋だった。中には、一粒一粒丁寧に薄紙に包まれた飴のようなものが十二、三粒詰められている。

『あのね、昨夜、「明日一日お休みをいただいて、久々に吉祥寺の井の頭公園で妹の夕顔と会うんですよ」ってお鈴さんに話したら、おやつを持たせてくれたの』

「キャンディですか？　それともマシュマロ？」

『ふふ、どっちも外れよ』

苺水晶のように透き通った大きな目を細め、朝顔は悪戯っぽく笑う。

外れでも嬉しい。彼女のこんな可愛い笑顔が見られるならば……。

『手作りの塩キャラメルですって。熱中症予防にって』

「なるほど。あなたのご体調に気を配るとは、鈴菜さんも意外と気が利きますね」

『お鈴さんはあたしに優しくしてくれるのよ。すごいわね、キャラメルっておうちで作れるの。あたしが若い頃は贅沢品だったけど、時代はずいぶんと変わったのね』

どう見ても中学生くらいの少女にしか見えない朝顔が年寄りじみたことを口にするのもまた愛らしくて、雨宮は密やかにきゅんとした。彼女に対して熱くほとばしるこの想いは、恋などという安っぽい感情ではない。そんな俗物的なもので彼女を汚してはならない。――これは忠誠心であり、信仰心だ。

雨宮はなぜか幼い頃から幽霊やあやかしに寄りつかれやすい体質であった。

川に行けば河童（かっぱ）を見たし、山を登れば踊る狸（たぬき）を見た。枕元に髪を振り乱した女の霊が突っ立っていたこともある。

勉強は低級な動物霊に邪魔をされてはかどらなかったので、成績はかなり悪かった。英語と国語に関しては優秀だったが、数学と物理に至っては、見事な〇点をとったこともある。

これは普通に生きていくのは無理だと早々に諦めた雨宮は文学に傾倒した。

そして高校卒業前に新人賞を受賞。成績が悪かったので大学へは進まず、なしくずし的に怪奇小説や幻想小説を書くことが生業（なりわい）となった。

怖い話をすると幽霊が寄ってくる原理で、それからというもの彼は余計に人ならざるものとの遭遇率が高くなったのだが、朝顔は自分がこれまでに見てきた中でももっとも可憐で美しい、奇跡のあやかしであった。

四月から彼女とともにこの邸で働くことになったのは、完全なる偶然ではなかった。

『綾小路（あやのこうじ）瑠衣』という筆名で執筆活動をする雨宮は、副業を持たなくとも充分な印税収入があるほどには売れており、他に仕事をしなくても済むならばそれに越したことはないと思っていた。

それでも今、ここに住んで掃除やら洗濯をしているのは、朝顔の近くにいたかったからである。

先々月。

三月のことだ。

なにかネタでも降ってこないものかと仲見世をぶらぶらしていたとき、雨宮は人形焼きを売る店の前で妙な一行を目撃した。

全身真っ黒な喪服のようなスーツに身を包んだ長身の青年と、長い黒髪の美しい、女子大生風の娘。

それから和装のふたりの少女。

そう、そのふたりの少女たちこそ、朝顔・夕顔姉妹であった。

そしてそののちにすぐに判明したのだが、ふたごに同伴していた喪服男はあやかしを派遣する会社の若社長で、女子大生のほうはアルバイトのようだった。

『なるべくでけぇ人形焼きばかり詰めてくれ！　ちげえ、その右だ！』

喪服男の鞄の中からはそんな叫び声が聞こえた。

小説家とは概して好奇心旺盛な生き物である。

雨宮は隣の店先に興味を示したふりをして、さりげなく彼らの傍に立った。

声がするほうを見れば、九十九神（つくもがみ）だろうか、小さな犬張子（いぬはりこ）が喪服男の鞄の中から顔を出して、店員の男性に注文をつけているのだった。

お釣りと一緒に人形焼きの袋を受け取った女子大生は、釣銭を喪服男に渡すと、嬉しそうに笑った。

「社長、ありがとうございます！　父のぶんの人形焼きまで買ってくださるなんて」

するとそれまで無表情だった喪服男のおもてに、柔らかな微笑が浮かぶ。

「礼には及ばないよ。いずれ大事な一人娘をもらうのだから、これくらいは当然だ」

「父はすでに社長のことをとても気に入っていますよ」

「ふうん。それは良かった。じゃあすぐにでも由莉さんと同棲したいと申し出れば、お許しをいただけるのかな」

「ど、同棲……⁉　し、寝食をともにするのはまだ、あの、心の準備が……！」

女子大生が真っ赤になる。人形焼きを吟味しながらも二人の会話に注意を払っていたらしい犬張子が、『いちいち見せつけやがって、コンニャロー』と茶々を入れる。

（社内恋愛から婚約に発展した恋人たちのデートといったところか）

美男美女で、口の悪いあやかしのマスコットつきという特徴はあるものの、いたって普通の人々だ。

雨宮はそれよりも、かすかに妖気をただよわせる和装のふたごが気になっていた。

黒髪のほうは溌剌として元気がよく、いかにも気が強そうなまなざしをしていたが、雪色の髪のほうはずっとかたわれにくっついて離れず、ときおり果敢なげで控えめな笑みを零すだけだった。

（……雪のようなあやかしだな。触れたら消えてしまいそうな危うさがある）

身に纏っている着物は上等そうだ。きっとどこかで大切に育てられているのだろう。

そう思ってその場を立ち去ろうとしたとき、また犬張子の声がした。

『それにしても良かったな、朝顔！　奉公先が見つかって！』

『良かったのかな。あたしは複雑だよ』

表情を曇らせたのは黒髪のあやかしのほうだ。

『馨だって、朝顔が出ていってしまったら寂しくなるって言ってたのに』

『夕顔やご主人様がそう言ってくださるのは嬉しいけれど、あたし、いつまでも夕顔におんぶに抱っこじゃいけないのよ。だから、お暇を出されるまで、どこまでひとりで頑張れるか、試してみるの』

白いあやかしの言葉に、雨宮は足をとめた。

――あの美しいあやかしは、これからどこかに雇われるのか？

胸にさざ波が起こったとき、

『しかしよ、ちょっとあれだよな。あんましでけぇ声じゃ言えねーけどよ』

犬張子が低い声で言った。

声を潜めたつもりなのだろうが、地声が大きいので、隣の商店を見ているふりをしている雨宮にも筒抜けだった。

『おめぇの奉公先の主人ってよ、まだ十七かそこらの坊ちゃんだろ。ほんで、お邸にふたりっきりだろ？　朝顔、おめぇ可愛い顔してるしおとなしいしよ、その若旦那がいきなり妙な気を起こして襲いかかってきたりしたら、絶体絶命だぞ』

身も蓋もない言葉に朝顔はパッと頬に朱を散らし、おろおろと返す。

『……み、水守様は、そんな非道なおかたには見えなかったわ……』

『そうよ。いつのまにかお由莉を手籠めにした紫季じゃあるまいし』

夕顔が喪服男を一瞥し、ふふんと鼻を鳴らす。

紫季と呼ばれた男は不服そうに口をひらいたが、犬張子がなにか言うほうが早かった。

『おう、紫季の野郎も澄ました顔してちゃっかりお由莉にあれやこれや――もふっ』

喪服男から無理やり口に人形焼きを押し込まれた犬張子は、そのままおとなしく、もぐもぐと咀嚼した。

「うまいか？　豆大福。よしよし、可愛いな、お前は。そのままずっと黙っていろ」

後半の茶番は聞いていなかった。重要なのは、あの雪白の美しいあやかしが水守という少年の家で住み込みで働くということだけだ。

雨宮は衝動的に足を踏み出し、気がついたときには喪服の男に話しかけていた。

「……申し訳ございません。立ち聞きするつもりではなかったのですが。あなたは、派遣会社のかたでいらっしゃいますか？」

見ず知らずの男からの突然の不躾な問いにも、彼は笑顔で答えた。

「ええ、そうです。『千早人材派遣會社』代表取締役の千早紫季と申します」

「アルバイトの新藤由莉です」

『豆大福でござる』

急にキリッとした顔をした犬張子を眺めつつ、雨宮はとっさに思いついたことを口にした。

「どうか相談に乗っていただけませんか。私はこのあたりに住む、売れない物書きの雨宮と申します。さらに出版不況で暮らしはますます苦しくなるばかりで、このままでは生活が立ちゆかなくなってしまう。どうかその住み込みのお仕事を、私にも紹介していただけないでしょうか。掃除でも洗濯でも、なんでもします」

「構いませんよ。あなたは運がよろしい。ちょうどもうひとり募集していたのですよ。労働意欲のあるかたはどなたでも大歓迎です」

いかにもといった風の営業スマイルを浮かべながら、彼はこう付け加えた。

「どなたでも。うちは人もあやかしも派遣する會社ですから」

一見すると人間にしか見えないふたごの少女。彼女たちをあやかしだと認識できる者であるということをいつのまにか見抜かれていて、雨宮はいやな汗をかいた。

真っ黒な髪に真っ黒な服。黒にばかり気をとられていたが、よくよく見れば、千早の目は人のそれとは明らかに異なる、明るい黄金色をしていた。

透き通っているのに光のないその目で、雨宮は自分が朝顔を守りたいがために水守邸で働きたいということも見透かされているのではないかと……そんな気さえした。

人なのかあやかしなのかも判然としない千早は、胸のあたりまで腕を持ち上げて、手のひらを上にした。蒼白い焔がゆらめきながらそこに現れて、すぐに消える。

「しばらくはこの狐火に監視させますから、ご心配なさらなくとも、朝顔の身の安全は保証いたします」

胸の内がすべて読まれていることに雨宮は薄気味悪さを覚えたが、引く気にはならなかった。そのときにはもう、それだけ強く朝顔という存在に心を奪われていたのだ。

「さて、弊社の所在地は吉祥寺ですが、面接のためにわざわざご足労いただくことはありませんので、そのあたりのカフェで労働条件などについてお話ししましょう」

浅草から吉祥寺は確かに遠い。

電車を最大三本乗り継ぐことになるので、その申し出は素直にありがたかった。

いつのまにか人形焼きの袋を前脚で持っていた豆大福が、もう片方の前脚をシュッと上げた。

『「どぜう」行こうぜ、「どぜう」！　浅草っつったらあの「どぜう」だろ！』

有名な老舗の名をすぐさま挙げた豆大福とは対照的に、由莉という名の女子大生はきょとんとした。

「？　『どぜう』ってなに？　どじょう？」

その質問に答えたのは千早だ。

「豆大福が言っているのは浅草に昔からある名店のことだろう。行ったことがないなら連れていってあげようか。良い店だから、きっと気に入るよ」

「え……、でも、社長のおすすめっていうくらいなら、お高いんじゃないですか？」

「そうでもない」

千早はさらりと言ってのけたが、雨宮はそうでもないではないだろうと思っていた。桁外れに高いというわけではないが、料理の質が確かなだけあって、決して安くもない店である。少なくとも派遣の面接に利用するにはそぐわない。

だが千早は恋人を連れていくついでのように、ふたごの姉妹と豆大福、そして雨宮をともなって料亭へ向かい、全員分の食事代をブラックカードをもって全額支払ったのであった。

千早の目的はただ恋人と食事を楽しむことであったのではないかと疑うほど、面接は短時間で終了した。

　高校卒業後、執筆活動だけで生計を立ててきた雨宮にとって、学歴不問、経験不問であったのは幸いだった。その場で面接合格を言い渡され、労働契約書と誓約書、個人情報に関する同意書にサインをした。

　かくして雨宮は美しい朝顔と、同じ日から水守邸で働くことになったのである。

　さて、白く清らかなあやかしを俗物的な人間から守るべく水守邸に潜入した雨宮であったが、どうやら心配事は杞憂に終わったようだった。

　あやかしに負けずとも劣らぬ妖麗な美少年――水守理紅は、剣道に打ち込む純真で正直な少年であった。

　しかも驚いたことに、どう考えても絶世の美少女である朝顔のことなどまるで眼中にもないようなのだ。

　そして、これはそれなりに霊感のある小説家の勘であるが、理紅は先週から新しく入った食事係――年上の幼馴染らしい――に一途に恋をしているのだった。


「柚月ちゃーん！」

　所変わって上野。東京藝術大学の界隈。

校門の前で友人と別れた鈴菜が上野駅に向かって歩いていると、名を呼ばれた。

振り返ると、キャンパスのほうから青年がぶんぶんと大きく手を振りながら駆け寄ってくるところだった。チョコレート色の髪に、細身の長身。アイドルのように可愛い顔をしている。

どこかで見たことがあるような気がするが、鈴菜は思い出せなかった。

自分の前で立ち止まり、にこにこする青年に、鈴菜は率直に訊いた。

「えーと……誰だっけ？」

するとと青年は子供のようにぷぅ、と頬を膨らませて抗議する。

「吉良(きら)だよー！　同じ工芸科の！　陶芸基礎のクラスで隣の席なんだけど！」

ああ、と鈴菜は両手を合わせた。

「思い出した！　授業中に紐(ひも)みたいに長いグミ食べてて怒られてた人だ！」

「グミの種類は憶えてるのに肝心の人間のことを忘れるなんてひどいよ！」

「わたしはまじめだから、授業に関係ないことはあまり憶えてないの」

「まじめだなんて嘘だ。染織の授業はよだれ垂らして寝てたくせに！」

見られていただなんて思わなくて、鈴菜はばつが悪そうに返す。

「わたしは二年次から陶芸を専攻するから、ほかは単位さえとれればいいんだもん」

「えー柚月ちゃんが陶芸やるなら、俺もそうしようかな」

「なに言ってるの。吉良君は将来彫金師になるんでしょ」

「えっ、なんで俺の親父が彫金師だって知ってるの⁉」

心底驚いたように声を上げた吉良の胸元を、鈴菜は視線で示して言った。

「お父さんのことは知らないけど、そのペンダントがとても良い細工物だから」

郵便切手くらいの大きさに伸ばした薄い白銀に、両翼を大きく広げ、瑞雲（ずいうん）の中を悠々と飛ぶ一羽の鷹（たか）が彫られている。

渦を巻く雲の優美な曲線といい、一本一本丁寧に彫り込まれた鷹の羽根の繊細さといい、熟練された職人の作としか言いようがない。

普通の美大生が手にするには高価な品に違いないだろうから、鈴菜は彼がよほどの彫金好きか、あるいは彫金師の後継者なのではないかと見当をつけたのだった。

「本当⁉　親父が聞いたら喜ぶよ。これ、中学のときに親父からもらったんだ！」

同じクラスというからには彼は同い年か年上なのだろうが、屈託なく笑うその顔は、理紅よりも幼げに見えた。

鈴菜はなんとなく好感を持って、微笑みを返す。

「お父さんに期待されてるんだ？　じゃあ頑張りなよ、跡取り息子。それじゃ」

鈴菜は激励の言葉を送ると、軽く手を振って歩きだした。

その後ろを、吉良がとてとてとくっついてくる。気がつくと横に並んで歩いていたので、鈴菜は訊いた。

「吉良君も上野駅なの？」

「ううん、うちは鶯谷(うぐいすだに)方面」

「じゃあ逆方向だよ？」

「んー、今日はちょっと浅草に寄ろうと思って」

「へえ、お買い物でもするの？」

「ううん、すずちゃんを捜しに」

しばしば『鈴ちゃん』とか『鈴』と呼ばれる鈴菜は、つい変な反応をしてしまう。

「……すずちゃん？　誰？」

すると吉良は、かすかにうつむいた。

「俺の大事な家族。……三月の終わりに家出してから、ずっと帰ってこなくて」

家族……。

多感な年頃の妹かなにかだろうか。まさに理紅という弟的存在が身近にいる鈴菜は、他人事(ひとごと)とは思えなくて、まじめな顔で訊く。

「浅草にいるかもしれないの？」

「うん。半年前に家出したときも、浅草に入り浸ってたから」

「そっか……。なにか悩みがあるのかも。どんな子なの？　特徴とか」

「柚月ちゃんに似てるんだ」

「わたしに？」

吉良は神妙な面持ちでうなずいた。

「目がぱっちりしていて、髪の毛がさらさらのふわふわで、白いところ。だから俺、入学してからずっと柚月ちゃんのことが気になってたんだよ」

「でもそんな子、いくらでもいるでしょ。なにかほかに特徴はないの？」

「うーんと、食いしん坊で、暴れん坊で、逃げ足が速くて……」

活発でおてんばな女の子なのかな？

「全体的にモップみたいなところ！」

「すずちゃんって何者なの⁉」

「？　普通の可愛いマルチーズだよ」

鈴菜は脱力した。

「なんだ、犬か……」

「『なんだ』じゃないよ！　犬は犬でもただの犬じゃなくて、すずちゃんなの！」

ぷんすかと怒る吉良の声をどこか遠くに聞きながら、鈴菜は思い出していた。

連休明けに、白兎の因幡をぶんぶんふり回していたのも確かマルチーズだった。

あれは確かに真っ白なモップそのものだった。

「わたしその犬、心あたりがあるかも！」

鈴菜が勢いよく吉良のほうを向くと、彼は「本当⁉」とぱっと顔色を輝かせた。

しかし、

「犬じゃなくて、ちゃんとすずちゃんって呼んでよぅ！」

と鈴菜をたしなめるのも忘れなかった。


その後ふたりは上野駅から三駅の浅草駅に降り立った。

まだ日があるうちに、手分けしてすずちゃんを捜すことにしたのである。

浅草にそれほど土地勘のない吉良は浅草寺周辺を、鈴菜は浅草花やしきの界隈を調べてみることにした。吉良が家にスマートフォンを忘れてきたというので、すずちゃんが見つかっても見つからなくても十六時にいったん東武浅草駅で落ちあい、そこで解散しようということになった。

親子連れや学生のグループ、カップルたちで賑わう花やしきの周囲をくまなく捜し、パンダのオブジェが載った郵便ポストの裏まで見てみたが、マルチーズらしきものはいなかった。

間もなく十六時になろうとしていたので、鈴菜は急いで東武浅草駅に行く。

理紅はそろそろ部活が始まる時間だろうか。

（そうだ、今夜なにが食べたいか訊いてみようかな）

駅に着いた鈴菜が人ごみを避けるようにして壁際に寄り、鞄からスマートフォンを取り出そうとしたときだった。

吉良がすぐ真横にうずくまっていたのに気づき、あやうく叫びそうになる。

「わわ、び、びっくりした。吉良君、いたなら声かけてよ。……どうしたの？」

お腹でも痛いの？　と心配して顔を覗きこもうとしたら、吉良が亡霊のようにゆらりと立った。動きも幽霊のようならば、顔色も死人のように蒼白になっている。

「柚月ちゃん……」

吉良は紫色に変色した唇をひらき、震える声で言った。

「これ、見て……。落ちてたんだ、そこに……」

彼はつまんでいたものを、鈴菜の目の高さまで持ち上げた。

歪んだピンポン玉に毛が生えたような物体である。

「すずちゃんだよ」

「は？」

鈴菜は思いきり顔をひきつらせた。吉良は頭でも打ったのだろうか。

「すずちゃんの毛そのものなんだ。すずちゃんは……すずちゃんは、きっとカラスか野良犬に襲われて、……それで、それで……こんな変わり果てた姿に――！」

もともと白かった吉良の顔が、ますます土気色に変色していく。

鈴菜はぶるぶると震える彼の手から毛むくじゃらの丸いものをとりあげると、ためつすがめつした。正体はすぐにわかり、呆れたような声が出た。

「いやいや、落ち着きなよ。これ、キーホルダーかなにかの一部でしょ。メイドインチャイナってタグがついてるじゃん」

鈴菜は吉良によく見えるようにタグを引っ張ってみたが、吉良にはもう鈴菜の言葉は聞こえていないようだった。

「わああ……いやだ、いやだ！　こんなのってないよ！　どうしてこんなことに！」

「わっ、めんどくさいことになっちゃった。そろそろ理紅君が帰ってくる頃なのに」

理紅の食事の支度をすることは鈴菜の大事な仕事である。

（取り乱している吉良君には悪いけど、帰っちゃおっと）

鈴菜は忍び足でその場から退散しようとしたが、彼に背を向けたとたん、後ろから素早く抱きすくめられるようにして捕獲された。

帰宅ラッシュの時間帯にはまだ早いが、浅草は常に大勢の人でごった返している。

通行人の何人かがちらちらとふたりを見ながら通り過ぎていった。

傷心の吉良には悪いが、鈴菜は恥ずかしくて彼の足をガッガッと何度も踏んだ。

「ちょっと、放してよ！　わたしたち悪目立ちしてるよ！」

「いやだ！　……俺、本当にすずちゃんが好きなんだよ！」

「わかってるってば、それは！　だけど――」

わたしに言われても困るんだよ！　と続けようとするのを遮るように、吉良が涙声で懇願する。

「お願いだから、しばらくこうさせて。柚月ちゃんの髪、すずちゃんの毛並みと同じくらいもふもふだから。あと十秒したらちゃんと落ち着くから……」

「十秒は長いよ！」

憤慨する鈴菜を無視して、吉良はたっぷりと十秒、鈴菜を抱きしめて離さなかった。

十一秒が経過した瞬間に鈴菜は吉良のすねを蹴り飛ばし、無理やり引きはがした。

「痛いよぅ」

すねを押さえて涙を浮かべた吉良の肩を、鈴菜は少し申し訳ない気持ちでポンポンと叩(たた)く。

「ごめんね。でもわたしこの辺に住んでるから、知り合いに見られたらいやなんだ」

「俺は平気だよ。家、日暮里(にっぽり)だもん。浅草に知ってる人いないもん」

「ああ、そう……。なんでもいいけど、日暮里駅まで送っていってあげるから、今日のところはもう帰ろう。ね？」

鈴菜に蹴られたショックで落ち着きを取り戻したらしい吉良は、毛むくじゃらの玉についた『made in China』のタグをしげしげと眺め、それから鈴菜に訊いた。

「柚月ちゃん、また一緒にすずちゃんを捜してくれる？」

「うん。捜してあげる。大丈夫、次こそきっと見つかるよ」

鈴菜は励ますようにそう言って、彼の背中を叩いた。


無事に彼を日暮里駅まで送り届けてから、鈴菜は浅草に戻った。

吉良が途中でまた情緒不安定になり、落ち着かせるためにアイスクリーム屋さんに寄ったせいで、浅草駅に戻ったときにはもう十八時半近くになってしまっていた。

そろそろ日が暮れてしまう。

理紅はもう学校から帰ってきただろうか。

（理紅君、お腹を空かせて泣いてたりしないかな）

どういうわけだか、鈴菜の中で理紅の姿はまだ小学生時代の彼から高校生になった現在のバージョンにアップデートされておらず、理紅のことを考えるとき、頭に浮かぶのは十歳くらいのときの泣き虫でちっちゃい理紅なのだった。

（ふふふ、可愛い理紅君。可愛いから、今日はデザートに喫茶『三日月』風フルーツたっぷりプリンもつけてあげよう……）
ひとりでにやにやしながら駅前でさっさと買い物を済ませ、家路につく。
いつのまにか陽は落ちて、深い墨色に染まった空には月が昇っていた。
鈴菜は思わず足をとめてしまい、しばし月に視線を奪われた。
細い三日月だが、まるで蝕の月のように紅かった。
動脈に流れる鮮血の赤ではなく、酸素を運ばない静脈の血の、暗赤色。
（紅い三日月だなんてめずらしい……）
胸がざわつきはじめる。
理紅が見せてくれた妖星の痣――あれも確か、こんな色だったからだ。
そのとき、ふいにスマートフォンの着信音が響いた。
ドキリとして液晶を見ると、『朝顔』と表示されている。
「もしもし、朝顔ちゃん、どうしたの？」
急いで電話に出ると、朝顔の消え入りそうな声が返ってくる。
『お鈴さん、もうじきお帰りになりますか？』
「うん。もう吉野橋の近く。あと五分くらいで着くよ」
『それなら良かった……』
電話の向こうで朝顔がほっとため息をつき、それから続けた。

『なんだか理紅様のご気分が優れないようなのです。午後の授業の途中で早退していらっしゃったのですが、お帰りになってすぐにお湯に入られたまではよいのですが、それきりお部屋に閉じこもって、お姿を見せてくださらないのです』

　理紅の一大事と聞いて、鈴菜は全身から血の気が引くのを感じた。

「えっ⁉　まさか、部屋の中で倒れてるんじゃ……！」

『い、いいえ、雨宮やあたしがときおりお部屋の外からお声をかけると、お返事があるのです。でも、心配には及ばないとおっしゃるばかりで……。雨宮もあたしもお部屋に入れていただけないのですが、お鈴さんなら通していただけると思うんです』

「そうかな。いや……でも、そうかも。わたしは理紅君の姉みたいなものだし」

　朝顔はなにか言いかけたが、呑み込んでしまったようだった。

『もうじきお帰りになられるなら良いのです。都立高校を通り過ぎればもうすっかり人の往来もなくなりますから、どうか道中、お気をつけて』

「わかった。連絡してくれてありがとう！」

　鈴菜は電話を切ると、たまらずに走りだした。

　一刻も早く理紅に滋養のあるものを食べさせてあげなければならない。

　しかし急いでいるときに限って不測の事態が起こるものである。

　都立高校を左手に見ながら吉野橋を渡ると、道を一本挟んだ向こうに広場のようにひらけた場所がある。春には満開の桜と東京スカイツリーの組み合わせが楽しめる、浅草観音裏の隠れた名所だ。そこについ最近、河童やら踊り鳥やら、被官稲荷(ひがんいなり)の狐、招き猫等々の小さな像がずらりと設置された。

列を成した像が、ほの暗い月明かりにぼんやりと浮かび上がっている。

鈴菜はその中に動く小さな影を見たような気がした。一度は広場の手前で道を曲がったものの、二、三歩も行かないうちに気になって引き返す。

夜でも賑わう仲見世や伝法院通りと違い、このあたりは夜ともなると本当に静まりかえってしまう。それは四季折々の花々が真近にそびえるスカイツリーを彩っているこの広場も例外ではないのだが、今夜は違った。

小さな河童の像の隣で、なにか小動物のようなものがうごめいているのだ。

夜の雪のように、真っ白なそれの正体はすぐにわかった。

(あれはマルチーズ……吉良君の犬だ!)

初めて会ったときに白兎の因幡を振り回していたように、マルチーズは今日もなにかをくわえてぶんぶんと振り回していた。

今日の被害者は猫のぬいぐるみのようだった。

日暮里から浅草まで一匹で家出してくるだけあって、肝が据わっているらしい。

鈴菜が普通に近づいていっても気にもとめず、ぬいぐるみをかじり続けている。

「わんわん。可愛いわんわんちゃん。よーしよしよし……」

　鈴菜はにこにこ笑ってマルチーズに話しかけながらそうっと両手を伸ばし、パッと犬をつかまえた。

『わふ？』

　警戒心のない犬なのか、鈴菜に抱っこされても、とぼけたような顔でわたの飛び出たぬいぐるみをくわえたままだ。

　鈴菜はうまく片手で犬を抱きながら、帰りに教えてもらった吉良の連絡先に電話をかけた。

『もぐもぐ。もしもし？』

　こいつ、さっきまで泣いていたくせになんか食ってやがる！　と思いつつ、鈴菜は明るく言った。

「吉良君、すずちゃんつかまえたよ！」

『えっ⁉　本当⁉』

「河童とかの像に紛れこんでたよ。耳に赤いリボンしてる？」

『してるしてる！』

「わたの飛び出た三毛猫のぬいぐるみ、くわえてる？」

『くわえてない！』

「まあいいや、ぬいぐるみはどこかで拾ってきたんだと思うけど。とりあえずこっちで保護しとくね！　またあとで連絡する！」

鈴菜は電話を切ってスマホを鞄に放り込むと、ぬいぐるみを離さないマルチーズと一緒に足早に水守邸に帰った。

「ただいま」

鈴菜が玄関扉を開けると、すぐに朝顔が出迎えてくれた。

『お鈴さん、お帰りなさい――あら、可愛らしいそのわんちゃんは？』

「大学の同級生の犬なの。行方不明になってたみたいなんだけど、そこで捕獲したの。今夜だけここに置いといてもいいかな？」

『ええ、もちろん。綱吉（つなよし）、おいで。お水をあげましょうね』

朝顔はすずちゃんに勝手に綱吉という名前をつけると、鈴菜の手からすずちゃんを引きとった。それからはじめて、すずちゃんがくわえているボロボロのぬいぐるみの存在に気がついたらしい。わたの飛び出したくたくたの三毛猫のぬいぐるみを目にとめると、痛ましげに口にした。

『あら！　この子はどうしたのかしら。こんな怪我をして可哀想に、応急処置をしてあげましょう』

「応急処置？　代わりのわたでも詰めてあげるの？」

さすがお裁縫の得意な朝顔、さすが心優しく純粋な朝顔……と感心する鈴菜に、朝顔はぱちぱちとまばたきをして言った。

『あら、お鈴さんたら案外と鈍感なんですね。この子はあやかしですよ。九十九神』

「えっ？」

そのときちょうど良いタイミングですずちゃんが大あくびをしたので、鈴菜は三毛猫のぬいぐるみをすかさずかすめとった。

触れてみると、確かにかすかな妖気が手のひらに伝わってくる。そして、鼻をぴーぴー鳴らしながら寝息を立てている。

「大丈夫？　しっかりして」

両手のひらにすっぽりと収まる小さな三毛猫の丸い鼻をつついてみると、三毛猫はつぶらな目をあけた。

「あなた、お名前は？」

三毛猫は寝ぼけていて状況がよくわかっていないのか、鈴菜の問いにむにゃむにゃと答えた。

『吾輩はどら焼きである』

背中からわたが飛び出しているが、痛くもかゆくもないのか、平然と猫は言った。

三毛猫の茶色と黒と白の配色が、なるほど確かにどら焼きを連想させる。

「ぷぷ。いかにもどら焼きって感じだね。顔も鼻も丸いし、ちっちゃいし」

『失敬な。吾輩は、今戸神社の招き猫のかたわれ』

「そこの有名な今戸神社の招き猫⁉　神様のお使いなの⁉」

言われてみれば確かに今戸神社の二体一組の招き猫は、白猫と三毛猫であった。

『……であると、自分では思っているのである』

どら焼きはそれだけ言うと、つぶらな瞳を閉じた。まもなく鼻ちょうちんを出しながら、安らかな眠りにつく。

「なんだ、自称今戸神社の招き猫か」

『お鈴さん、綱吉とどら焼きのことはあたしに任せて、理紅様のご様子を見にいってさしあげてください』

『わふっわふっ』

綱吉と呼ばれて嬉しそうにしているすずちゃんを視界の隅にとどめながら、鈴菜はうなずいた。

「うん。理紅君、帰ってきたときはどんな様子だった？」

「お顔の色が真っ青でした。お水を飲まれるのもおつらそうで。お医者様をお呼びしましょうかと申し出たのですが、それには及ばないと……」

「そう……。じゃあ食事というよりは、消化に良さそうなたまごプリンを先に作ろうかな」

『お鈴さんの手作りプリン……！　たまごは栄養価も高いですから、とても素敵な案だと思います』

のんきそうなマルチーズとくたくたの九十九神を一緒に抱きしめて微笑む朝顔は、それはもう天使のように愛らしかった。

この瞬間の朝顔の姿をぜひ彼女の崇拝者である雨宮に見てほしいと思ったが、残念ながら彼はまた私室に籠もって執筆でもしているのか、気配がしなかった。

「朝顔ちゃんと雨宮さんのぶんも作って、冷蔵庫に入れておくよ。今日でも明日でも、適当に食べてね」

鈴菜は小動物たちを朝顔に託し、自分はまず着替えるために私室に駆け込んだ。料理を作るときは、和装にエプロンでないと落ち着かないのだ。

喫茶『三日月』のプリンは作るのにいくらか手間がかかってしまうので、すぐにでも理紅にのどごしの良いものを食べさせてあげたい今夜は時短プリンを作ることにした。

用意するものはたっぷりの牛乳に卵、お砂糖。本当ならばカラメルソースにはこだわりたいところだが、今日のところはぐっとこらえて、市販のソースを使う。

まず牛乳を火にかけ、それから砂糖と卵黄を加えて混ぜる。

卵白も使えば固めの仕上がりになるが、今日はとにかく消化吸収の良さが優先だ。

よく混ざったところでさらに残りの分量の牛乳を追加して、再び泡立たないようにゆっくりと混ぜる。

それを濾してプリンの型に流し入れたら、今度はそれを沸騰させ、火加減を調節し、蒸すこと二十分。

火をとめて粗熱がとれたところで冷蔵庫に入れる。

冷やしているあいだにトッピング用のクリームとフルーツを準備する。

腕力のすべてをもって生クリームを泡立てる。ツンと角が立つまで頑張れば良い。大粒の苺は四等分にカットする。

そうしているうちに冷えたプリンを取り出して、透明の器に移す。甘いカラメルソースと生クリーム、新鮮な苺に、缶詰の桃やみかん、パイナップルにさくらんぼを盛りつけたら完成だ。

（男の子だから、いくら具合が悪くても、これじゃさすがに足りないかな）

そういえば林檎があったのだと思い出し、鈴菜はお盆の上にプリンを盛ったお皿とスプーン、フォーク、それから林檎と果物ナイフを載せて、理紅の私室へ向かった。

理紅の部屋は洋室だ。

飴色の扉を二回ノックしてから、「理紅君、起きてる？」と声をかけてみる。

「……起きてるよ」

「入ってもいい？」

「いいよ」

あっさりと入室を許可されて、鈴菜はいささか拍子抜けした。

雨宮も朝顔も部屋に寄せつけなかったというが、やはり自分は理人と同じで、家族に近いという意味で、理紅にとって特別な存在なのかもしれない。

「じゃあ、失礼します」

鈴菜は扉を開けて中に入った。

部屋は薄暗い。寝台の傍に設置されたランプだけが橙色の明かりを灯していた。

薄闇の中、窓辺にしつらえられたベッドの上で理紅は上半身を起こしていた。

「理紅君、具合はどう？　起き上がって平気なの？」

「……うん」

扉の傍から訊いてみると、彼は覇気のない声で返事をした。

カーテンの隙間から空を見上げるその横顔は暗く、表情がうかがい知れない。

部屋を明るくしたら彼の目が冴えてしまうのではないかと思い、鈴菜は天井灯には明かりを灯さないことにした。

「近くに行ってもいい？」

返事はなかったが、来るなとも言われなかったので、鈴菜は慎重な足取りで寝台に近づいた。

サイドテーブルにお盆を置き、空のコップに水差しから冷たい水を注ぎ入れる。

「プリンを作ったの。シロップ浸けの果物もたくさん盛ったよ。プリンは柔らかめにしてみたんだけど、食べられそう？」

椅子に腰かけて問いかけながら、鈴菜は無意識のうちに理紅の視線を追っていた。

その先には、窓の形に切り取られた暗い夜空と、暗赤色の三日月がある。

魂を奪われたように三日月を見ていた理紅だったが、ゆっくりと鈴菜のほうに顔を向けると、黙ってうなずいた。

彼の様子はどこかおかしかったが、食欲はあるようで、鈴菜はまずは安堵した。

だが、彼はそれきりうつむいてしまい、スプーンもフォークも手にとろうとしない。

もしや熱でもあって、腕が持ち上がらないほどだるいのだろうか。

体温はあとで測ることにして、鈴菜はフォークをとって、シロップ浸けの柔らかな黄桃をスッと半分に切ると、一片を刺して彼の口元へと運んだ。

「どうぞ」

理紅は口をあけると、差し出された桃を素直に食べた。

「次はなにを食べる？　みかん？　パイナップル？　さくらんぼ？　それともプリンいっちゃう？」

理紅が小さく息を吸った。けれど彼は食べたいものではなく、別のことを呟いた。

「迷惑かけてごめん。鈴姉さんは優しいね」

いつも、誰にでも。

かすかな声で彼はそう言い添えたが、鈴菜はその言葉の意味を深く考えなかった。

「迷惑だなんて」

プリンの器を手にしたまま、鈴菜は微笑んだ。

「子供はそんなこと考えなくていいの。それに、あなたはわたしの可愛い弟だもの」

「いつまで？」

「え？」

「僕はいつまで鈴姉さんの可愛い弟でいればいいの？」

「なに……」

鈴菜は瞳をまたたいた。

予期せぬ問いに動揺していると、伸びてきた彼の手に急に手首をつかまれた。

そのはずみで、手にしていた皿からシロップが零れ、鈴菜の腕にかかる。

「あ……っ」

いけない。今日の着物は鈴菜の私物ではなく、水守家で用意されたものなのだ。

鈴菜は慌てて器をサイドテーブルに置いた。袖が汚れはしなかっただろうかと気にしていると、その隙をついたように強く彼のほうに引き寄せられた。

鈴菜は体勢を崩し、あっというまに寝台に組み伏せられた。

上にまたがってきた理紅に、両の手首を寝台に縫い留められる。

「……細いな。少し力を籠めただけで、折れてしまいそうだ」

鈴菜は痩せ型ではあるが、ものすごく細いというわけではない。理紅の手が大きいのだ。さきほど零したシロップが、つっと腕の内側を伝う感覚に、鈴菜は我に返った。

「り、理紅君、放して。シロップがお布団についちゃうよ」

いったいなにが起こっているのかわからない。それでもやっとのことでそう口にすると、真上から見下ろしてくる理紅が目を細め、おかしそうに笑った。

「この状況で、自分のことより布団の心配？」

「だ、だって……」

ほかになにを心配すればよいのか。

もちろん鈴菜だってもう大学生なのだから、物知らずではない。

自分を押し倒してきた相手が、たとえば――絶対にあり得ないことではあるが――理人だったり雨宮だったり吉良だったりしたら、身の危険を感じただろう。

だが、目の前にいるのは理紅だ。

(わたしの可愛い弟の……)

けれど、理紅はさっき、抑揚のない声でこう言った。

――僕はいつまで鈴姉さんの可愛い弟でいればいいの？

可愛い弟でいるのを、もうやめたいとでもいうような口ぶりだった。

もしかしたら、自分は彼を知らないうちに傷つけていたのだろうか。

でも、そうだとしたら、なぜ？

わからなくて、頭の中がぐちゃぐちゃに乱れて、鈴菜は「だって」と再度口にした。

「お、お布団は、家庭用洗濯機では洗えないもの……」

自分でもなにかずれたことを言っているような気がしてならなかったが、ほかにどう返せばよいのかわからなかったのだ。それに、着物や布団を汚したら大変だと案じているのも嘘ではなかった。

「わかったよ」

わずかな失望感を滲ませて、彼は言った。

鈴菜は解放してもらえるのかと思い緊張を緩めたが、それは誤りだった。
理紅は獣のように顔を伏せ、甘い蜜に濡れ光る鈴菜の腕の内側に唇を押しあてた。
ひんやりとした唇とは対照的に、確かな熱をもったなにかが柔らかく這うのを感じた。
それが彼の舌だと認識するのに、鈴菜は数秒の時間を要した。
鈴菜は口をひらいたが、あまりのことに言葉が詰まって出てこない。
身体を硬直させた彼女に、理紅は陶然としたような笑みを浮かべた。
「綺麗になったよ……。これでいい？」
鈴菜はまばたきも忘れ、年下の幼馴染の顔を見つめた。
甘露に濡れた唇は紅い月光に妖しく照り、長い睫毛が影を落とす瞳は潤んでいる。
（理紅君はきっと熱があるんだ。わたしが落ち着いてなきゃだめだ……）
鈴菜は彼の額に触れたくて、手首に絡みつく指を振りほどこうとした。
だが身じろげば余計に強い力で寝台に押さえつけられて、身動きを封じられる。
痛みに眉を寄せる鈴菜を、理紅は支配者のように冷淡な顔で見おろしていた。
「ねぇ。……さっき、駅で鈴姉さんを抱きしめて、好きだって叫んでいた男は誰？」
ふいに投げかけられた質問に、鈴菜は軽く目をみはった。
「み、見てたの……？」
けれど、驚くべきことではないのかもしれない。

あの駅は浅草の主要な駅であり、理紅も通学に利用しているのだから。

早退した彼があの瞬間に雑踏の中にいたとしても、おかしくはないのだ。

「質問に答えて」

「き、吉良君は――」

鈴菜はよく考えて言葉を選ばなければならないと思った。

理紅はいま、怒っている。

そしてこれはきっと、やきもちなのだろう。姉をとられまいとする弟の。

ただの同級生だと答えれば、理紅はきっとすぐに手を離してくれるだろう。

(でも……)

もう、そろそろお互いに姉離れ、弟離れしなければならないのだ。

つい癖で可愛い弟扱いしてしまうが、本当は血の繋がりなどない、ただの他人。

自分たちはお互いを家族のように思いあっていても、周囲はそんな風に見てくれないかもしれない。最悪、理紅に好きな人ができたとき、ひっつき虫の自分が彼の恋路を邪魔してしまうかもしれないのだ。そんなこと、絶対にあってはならない。

鈴菜はいったん口を閉ざしてから、わざとそっけなく言った。

「理紅君には関係ないでしょ」

月が叢雲(むらくも)に覆われたのか、理紅の蒼白い頬に翳りがさした。

「鈴姉さんは、あの男が好きなの？」

好きもなにも、今日まで、隣の席だったことすら知らなかった人物である。

肯定も否定もできずにただ理紅の白いおもてを見つめているうちに、鈴菜は彼の目の異変に気がついた。はじめは光の加減でそう見えるのかと思ったが、そうではない。色素の薄いはしばみ色の瞳が、うっすらと紅く色づいていく。

透き通った紅玉色から、柘榴石（ざくろいし）のように暗い赤へ。

「鈴姉さんは、僕のものなのに」

理紅は鈴菜の両腕を頭上でひとたばにして掴むと、空いた手で彼女の頬を撫でた。熱があるどころか、輪郭を優しくたどる指先は、まるで死人のように冷たかった。

「理紅君……？」

小声で彼の名を呼ぶと、彼は嬉しそうに唇をゆがめた。

「その可愛い声も」

震える唇をゆっくりとなぞられる。

「優しいまなざしも柔らかな髪も、白い肌も、かぐわしい血も……全部僕のものだ」

まぶたに、髪に、順番に触れられる。陶器のような指は頬の曲線を伝い、首すじの頸動脈（けいどうみゃく）のあたりを撫でる。慣れない場所に触れられて鈴菜がかすかに肩を揺らすと、

「可愛い」と理紅が囁いた。

この状況はどう考えても異常だった。理紅が自分にひどいことをするとは思わないが、それは彼が正気の状態であればの話である。

「理紅君、放して」

鈴菜は強い口調で言い放ったつもりだったが、絞り出した声は自分でも情けなくなるほどに震えていた。

蒼白い理紅の瞼がうっすらと紅く染まる。

月明かりの差すほうを見ると、障子の隙間から覗く月はまだ血のように紅かった。

「放さない」

「い、言うことを聞かないと、さすがのわたしも怒るから！」

「怒っているのは僕のほうだよ。結婚するって約束したのに」

「約束？　あ、……」

鈴菜は理紅のことにかけては、記憶力が抜群によかった。

だから、瞬時にして昔のことを思い出した。

小学生のとき、悪いあやかしに憑依（ひょうい）されていた理紅に手の甲を噛まれて、しばらく傷が消えなかったことがある。そのときに交わした約束。

――傷が残ったら、僕が責任をとって、鈴お姉ちゃんをお嫁さんにする！

――うんうん、じゃあ大きくなってもまだ傷が残っていたら、結婚しようね。

確かに結婚の約束を交わしたのだった。

だが——。

「あのときの傷はもうとっくに消えたの！　見て！　ね⁉」

鈴菜はなんとか腕をひねって、彼に傷ひとつない手の甲が見えるようにした。

しかしそんなことはどうでも良いというように、理紅は言った。

「じゃあ、またつけてあげる」

赤い舌を覗かせて、彼は笑う。

「今度は一生消えない傷を、その綺麗な身体に刻みつけてあげる」

子猫を可愛がるように鈴菜の咽喉（のど）を撫でていた冷たい手が肩にずらされ、脇腹から腰へとゆっくりと滑り下りてゆく。

「……鈴は俺のことだけを考えていればいい。他の男のものになるなんて許さない」

性急な手つきでエプロンを取り払われて、着物の帯に手をかけられる。

こんな理紅を鈴菜は知らない。強い力も、自分とはまるで違う体格も、情欲に濡れたまなざしも——自分が知るマシュマロ男子時代の理紅には見られなかったものだ。

「やめて……」

鈴菜は彼の手から逃れようともがいたが、抵抗は意味をなさず、帯締めは外され、着衣は容赦なく乱されていく。

（いや。いや。このままじゃ、わたし――）

――清らかな理紅君を汚してしまう！

恐怖と混乱のあまり斜め下の方向に勇気を得た鈴菜は、彼を叱責した。

「やめなさいって言ってるでしょ！　理人さんに言いつけるよ！」

「理人？　……あなたは俺のことだけを考えていればいいって言ったばかりなのに」

年の離れた彼の兄の名を出したことは、まったくもって逆効果のようだった。

理紅はため息をつくと、なにを思ったのか、自分の指先に歯を立てた。

がりっと厭な音がした直後、氷魚のように美しい彼の中指の先には、鮮血が小さな珠のように浮かんでいた。

茫然と見ていることしかできなかった鈴菜の唇に、血の滲む指が近づけられる。

「……いや！」

鈴菜はとっさに顔をそむけようとしたが、口をこじあけられて、長い指を押し込まれる。なすすべもなく無理やり血を舐めさせられ、口の中に鉄錆の味が広がった。

「おいしい……？」

そんなわけがないのに、どうしてか鉄の味がしたのはほんの刹那で、血は花のようにかぐわしく、酩酊を誘う蜜の味がした。強い洋酒入りのチョコレートでも含まされたかのように全身から力が抜けていく。

それが彼にも伝わったのか、両手を拘束していた手が離されて、頬を包み込まれた。

（理紅君はやっぱり、半妖なのかな……）

だとしたら、今のはある種の妖術で、だから力が籠もらないのかもしれない。

鈴菜はあやかしを殴り倒すことはできるが、巫女ではないから呪術的なものに対する耐性はなかった。

「待って……」

懇願するように言うと、彼はつらそうに目をすがめた。

「あなたが好きなんだ」

違う。

理紅君はまだ子供だ。姉として自分を慕う気持ちを恋だと錯覚しているだけだ。

そう訴えたいのに、思考がまとまらない。

髪に指をうずめられ、瞼や頬に口づけられていく。

しっとりとした唇は、驚くほど柔らかかった。

「……鈴……」

熱に浮かされたように彼が囁く。視界が翳（かげ）る。唇に彼の吐息がかかったとき、鈴菜は唐突に、エプロンのポケットの中に手作りの塩キャラメルを一粒入れていたことを思い出した。

朝顔にあげた塩キャラメルをあとで味見しようと思っていて、忘れていたのだ。

鈴菜は最後の力を振り絞るようにして裾を捲（めく）られたエプロンのポケットから塩キャラメルを取り出すと、包みをあけた。唇をかさねられる寸前で、鈴菜はそれを理紅の口に無理やりねじ込んだ。

（さっきわたしも無理やり口に指を突っ込まれたし、これくらいはいいよね……）

かつて、絹子さんは、鈴菜が作る菓子や料理にはあやかしの心を慰め、なだめる力があるのだと話していた。本当にそうなのか、それとも、塩キャラメルの塩の浄化力が効いたのか――それはさだかではないが、理紅に無理やり塩キャラメルを食べさせてからいくらも経たないうちに、彼の瞳が赤色から、いつものはしばみ色に戻った。

理紅は幾度か、ゆっくりとまばたきを繰り返した。

「僕は、いったい……」

理紅がぼんやりとしている隙に鈴菜は彼から距離をとった。

キャラメルを探してエプロンのポケットをごそごそしていたときだろうか、胸元がいつのまにかはだけさせられていたので、慌てて掻き合わせる。

寝台の上で髪も裾も乱し、頬を紅潮させた鈴菜とは裏腹に、その姿を視線でとらえた理紅の顔面は瞬時にして蒼白になった。

「僕は姉さんになんてことを」

彼はひどくわななく声でそれだけ言うと、鈴菜が林檎の皮をむくために持ってきていた果物ナイフを震える手で掴んだ。

「えっ？　林檎？　食べる？　剥く？　あっ、うさぎの形にしようか？」

彼の行動の意味がわからなさすぎて鈴菜は頓珍漢なことを口にしたが、理紅は笑いもせずに能面のような無表情で首を横に振った。

「切腹する。死んであなたに詫びる」

理紅は不気味なほど落ち着き払った声で言うと、シャツのボタンを外しはじめた。

「だ、だめ！　やめて！　絶対だめ！　却下！　やめろ！」

最後には命令し、鈴菜は彼の手から果物ナイフをもぎ取った。奪ったナイフは遠くへ投げ捨てたが、ふかふかの寝台でもみ合っていたせいか鈴菜はバランスを崩して、理紅を下敷きにして倒れた。

「理紅君のばか！　目がすごく本気だったけど、冗談でも切腹なんかやめて！」

鈴菜は張りつめていた緊張の糸が切れてしまって、ぼろぼろと泣きながら彼の胸をボカボカと何度も叩いた。

「ごめん。もうしないから……泣かないで、鈴姉さん」

「泣くよ！　ばか！」

鈴菜は小学生男子のように、涙と洟で顔をぐちゃぐちゃにして泣いた。

理紅は下から腕を伸ばして鈴菜の後頭部に手を添えると、服に鼻水がつくのも構わない様子で鈴菜の頭を胸に抱きしめた。

鈴菜がひとしきり泣いて落ち着くのを待ってから、彼はぽつりと零した。

「……やっぱり、僕の母は人間じゃなかったのかもしれない」

鈴菜はハッとして彼の顔を見つめた。すると真っ直ぐに向けられる視線に耐えられないというように、彼は片手の甲で両の瞼を覆ってしまった。

「数日前にした妖星の話、憶えてる？」

「もちろん。あやかしや、一部の特別な人間が見ると病気になるっていう彗星だよね」

「……妖星が流れてから、ときどき月が紅くなるんだ」

鈴菜は少し開いた障子に視線をやった。月は雲に覆われて、今はもう見えない。

「満月に限らず、三日月でも、半月でも。月の紅い夜は、晴れていても曇っていても、きまって気分が悪くなる。そして、自分の欲望に抗（あらが）えなくなる……」

「欲望？」

「頭の中で、あなたを、何度も、……」

理紅は言いかけてやめてしまった。

口にするのもはばかられるようなことなのかもしれない。

代わりのように彼は口にした。

「……人間とあやかしの間に生まれた子供なんて、気持ち悪いよね」

彼は瞼の上に手を置いたまま、口元に自嘲的な笑みを刷いた。

『気持ち悪い』……そんな風に実の父親から拒絶されて、幼い頃の彼は本邸から追い出されたのだろうか。

鈴菜は胸が締め付けられるような思いがして、彼の手をその目から外した。

そうして身体を起こすと、彼の顔の横に手をついて、上からまっすぐに整った理紅の顔を見おろす。

「気持ち悪くなんかない。そんな風に思ってたら、わたし、ここにいないよ」

彼の暗いまなざしをしっかりと受け止めて、鈴菜はきっぱりと告げた。

「妖星も紅い月も、もう怖がらなくていい。わたしが作る料理には特別な力があるんだって絹子さんが言ってたの。絹子さんの言葉はいつも真実だった。だからあなたが自分を見失いそうになったら、わたしがまた今夜みたいに止めてあげる」

「でも」

「『でも』なに?」

「……鈴姉さんは恋をしてしまったら、きっと僕に構ってくれなくなるんだ」

理紅の瞳が、寝台を照らすランプの明かりで、星をちりばめたように輝く。それは彼が目に涙を溜めているのだということを示していた。

「恋？　どうしてまたそんな話になるの？」

「さっき鈴姉さんが『吉良君』って呼んでた人。仲が良さそうにしか見えなかった」

鈴菜は思わず笑ってしまった。

「仲良くないし、恋なんかしないよ。わたしが大学に通っているのは恋するためじゃなくて、陶芸の勉強をするためだもん。今日は吉良君が愛犬のすずちゃんがいなくなったっていうから一緒に捜してあげてただけ。吉良君がわたしに声をかけたのだって、ただ犬とわたしが似てたかららしいよ」

「……犬が、鈴姉さんに似ているの？」

理紅が興味を示した様子を見せたので、

「ちょっと待ってて！」

と言って鈴菜は理紅の部屋を飛び出した。

階段を下りて居間へ行くと、座布団の上ですずちゃんがすやすやと眠っていた。

どら焼きの姿はなかった。またすずちゃんが振り回さないようにと、朝顔が自分の部屋に保護してやったのかもしれない。

起こしたら可哀想かなと思いつつすずちゃんを抱き上げてみたが、幸いにして、まるで起きる気配がなかった。それどころか、鼻ちょうちんまで出している。

こういうのを浅草あたりの江戸方言で『ふてえ野郎』と言う。

鈴菜はすずちゃんをかかえて、理紅の部屋に戻った。

「この子だよ。さっきそこで偶然発見したんだ。今夜だけこのおうちに泊まるの」

鈴菜は寝台の端に座ると、膝の上にすずちゃんを乗せた。昔から心優しく動物好きの理紅は、慈しむような手つきですずちゃんの頭を撫でると、ふっと笑った。

「本当だ。鈴姉さんに似てる」

「え……わたし、こんなに丸い……？　それに、鼻ちょうちん……？」

「可愛くて、綿菓子みたいにふわふわしていて、舐めたら甘いところは同じだよ」

鈴菜は勢いよく首を左右に振った。

可愛くないし、ふわふわもしていない。さっき理紅に舐められたときは、シロップがついていたから甘かっただけだ。

「可愛いのは理紅君のほうだよ！　小動物みたいにちっちゃくて、お餅みたいにぷにぷに……してないのか、……いまはもう」

先刻、切腹しようとしていた理紅の胸はまだはだけていた。彼の身体はどこもかしこも硬く、もうかつてのマシュマロのようなふわふわ感はない。

沈黙すると、不安げに顔を覗きこまれた。

「昔の僕のほうが良かった？　……縦に伸びた僕のことはもう好きじゃない？」

鈴菜はまたかぶりを振る。

「ううん。エンゼルマークの天使そっくりだった理紅君も、大天使ミカエル様みたいないまの理紅君も好き。……だってつきたてでふにふにのお餅も、時間が経って固くなったお餅も、餅であることに変わりはないでしょ？　それと同じで、質感が変わったからって、理紅君の努力家でまっすぐな本質は昔となにも変わっていないから……」

「あくまでも僕は餅なんだね」

「ほかに気の利いたたとえが浮かばなくて……」

鈴菜は口ごもってから、気を取り直したように言った。

「とにかく理紅君は、硬くなったお餅でもいいし、半分あやかしでもいいの」

鈴菜は手を伸ばし、九芒星の痣の現れた彼の胸にそっと触れた。

（本当に硬い……。これが剣道で鍛え上げられた鋼の肉体なのね）

人体の不思議に思いを馳せながら彼の胸や腹をぺたぺたと触っていたら、遠慮がちにそれを押しとどめられた。

「だめだよ、鈴姉さん」

理紅は小さく嘆息してから、横から鈴菜を抱きしめた。

「あなたに触れられていると、半妖じゃなくたってあやうい気分になるから」

「あやうい……？」

「忘れないで。僕だって男なんだよ」

耳元で、言い含めるようにゆっくりと囁かれた。

密着しているせいか、清涼感のあるシトラスの匂いが鼻先をくすぐる。

男の子が使うシャンプーの香りに鈴菜はなんだか顔が火照(ほて)り、めまいがした。

しばらくそうしてから理紅は身体を離した。鈴菜の体温が上昇していることを確かめるように頬に触れ、満足げな笑みを浮かべる。

「鈴姉さんがいつまで僕を弟扱いできるのか、見ものだね」

彼らしからぬ挑発的な言葉と微笑みに、鈴菜はマルチーズを抱いたまま、ただただうろたえるしかなかった。

三

大神とキーマカレー

翌日、マルチーズのすずちゃんは迎えにきた吉良とともに無事に帰宅した。

すずちゃんは吉良に抱っこされながら、どら焼きを名残惜しそうな目で見つめていたが、すでに背中からわたの飛び出した重傷のどら焼きをすずちゃんにくれてやるわけにはいかない。そこでお裁縫の得意な朝顔が、どら焼きそっくりのぬいぐるみを小一時間でパパッと作り、すずちゃんに贈ると、すずちゃんはさっそくそれを嬉しそうにぶんぶんと振り回しながら帰っていった。

一方のどら焼きであるが、どこからやってきたのかと聞いても、住まいは今戸神社であるとの一点張りであった。

境内一面に幸運の四つ葉のクローバーが生い茂った今戸神社には、『ナミさん』(あるいは『ナミちゃん』)と呼ばれる真っ白な毛並みの美しい白猫が住んでいる。

白猫といっても、ただの白猫ではない。縁結びの神様のお使いであり、姿を見た者には幸運が訪れるという、ありがたいお猫様だ。

あやかしと対話することもできるので、猫又の朝顔がどら焼きを連れていって、ナミさんにこの子に見覚えはあるかと訊ねたところ、ナミさんは『なじみの九十九神だから知ってはいるけれど、うちの招き猫じゃないわよ』と困惑気味に答えたそうだ。

「今戸神社に住んでいるんじゃなかったの？」

しょんぼりとして帰ってきたどら焼きに鈴菜が訊くと、どら焼きは、

『吾輩は実は出自不明なのだ。気がついたときには今戸神社に捨てられていた猫なのである。だから今戸神社の招き猫だと自分では信じていたというだけなのである』

と悲しそうに白状し、『ぴえーん』と泣いてしまった。

野良猫ならぬ、野良あやかしだったようだ。


その週末の土曜日のことである。

理紅が部活動から帰宅すると、主人と使用人三人、それからどら焼きの五人で夕食の席を囲んだ。

半熟卵の目玉焼きを載せた、海老の風味たっぷりの海老ピラフは、もはや目分量でも作れる鈴菜の得意料理だ。良い子に育った理紅や朝顔はもちろんのこと、雨宮とどら焼きも「おいしい」と褒めてくれて、鈴菜はご満悦であった。

夕食が終わった頃、インターホンが鳴った。

時刻はきっかり午後六時半。

朝顔が事前に予約をとりつけておいてくれた、あやかし診療所の先生が、どら焼きの怪我を診にきてくれたのだろう。

「はーい」

鈴菜はいつもの和服にエプロン姿でぱたぱたと駆けていって、玄関扉を開ける。

血のように真っ赤な夕焼けの空を背景に立っていたのは、濃いグレーのスーツ姿の二十五、六歳の青年であった。

長身の彼は鈴菜を見おろすと、冷たい美貌に愛想笑いを浮かべた。

「往診に参りました。百鬼(なきり)あやかし診療所の百鬼です」

「あ、百鬼先生ですね。お、お待ちしておりました。わたしは家政婦の柚月と申します。どうぞお上がりください」

鈴菜は笑顔で彼を居間へと案内しながら、ついちらちらとその顔を見てしまった。

(これが噂のあやかし専門のお医者さん。ずいぶん若いな……)

勝手に老人を想像していたのだが、理紅の兄の理人よりも若く見える。

左手にかすかな静電気のようなものが走っていた。

鈴菜はひと目であやかしをそうと見抜けないが、強い霊力や妖力を持つものが傍にいると、こんな感覚が身体のどこかに起こるのだ。

(ひょっとすると、この人もあやかしなのかも)

思いあたって、鈴菜はまじまじとその横顔を見つめる。

血が通っていなさそうな蒼白い肌に、感情の色のない黄金色の瞳。

艶やかな黒髪が零れる額や眦には、狐面の模様のような紅い模様が見られる。

「……私の顔になにかついていますか？」

前方を見たまま訊かれ、鈴菜は「い、いえ！」とぶんぶんと首を左右に振った。

それから、心に浮かんだことを訊いてみる。

「浅草寺の奥に被官稲荷っていう神社がありましてね。浅草の三社様のひとつなんですが、ひょっとすると百鬼先生、そこのお稲荷様でいらっしゃる……？」

「まさか」

百鬼医師は思わずといった様子で噴き出した。

「で、ですよねー」

「確かに私は人間ではありませんが……」

そこはあたっていた！

と鈴菜が期待を籠めたまなざしで彼を見上げると、百鬼は鼻先で笑った。

「被官神社にお祀りされているのは、京都の伏見稲荷大社の祭神の御分身だとか……。

けれどね、私はそんなものよりも、もっと高潔な神なんですよ」

――『そんなもの』⁉

（三社様をそんなもの呼ばわりするたぁこの先生、さては浅草っ子じゃあるめぇな）

鈴菜は胡乱げな気持ちになってから、百鬼が浅草っ子ではなく神楽坂の人なのだということを思い出した。

下町生まれ・下町育ちの鈴菜がもやもやしているのを気に留めず、百鬼は続けた。

「天つ神にまつろわない、古の神々につらなるものを隠神といいます」

「？　隠神？」

「……まぁ君が深く関わることはないでしょうが、あやかしに寄りつかれやすい体質ならば、憶えておいても損はないでしょう。怖い存在ですから、お気をつけて」

「わかりました。わたしの可愛い幼馴染の理紅君にも伝えておきますね」

落ち着いた風を装いながら、鈴菜はサッ……とさりげなく百鬼から距離をとった。

しかし怖い存在とはいうものの、あやかしの医者をやっているくらいなのだから、たぶん根は悪い神様ではないのだろう。

そういうことにして、鈴菜は多忙な雨宮以外のみんなが揃う居間へと彼を通した。

先程まで海老ピラフが並んでいたちゃぶ台の上では、背中からわたの飛び出た三毛猫のぬいぐるみ――どら焼きが、所在なげに二本足で立ちすくんでいた。

「ああ、患者はこれか」

百鬼は医療道具が入っていると思しきトランクケースを置き、上着を脱ぐと、どら焼きをひょいと抱き上げた。

やはり百鬼に危険な気配を感じるのか、どら焼きは可哀想なくらいに激しく彼の手の内でぷるぷると震えてしまっていた。

鈴菜はいったんお茶を淹れるために退出した。

コーヒーカップとお茶菓子の雷おこしを盆に載せたものを持って居間に戻ってみれば、どら焼きは今度はちゃぶ台の上にうつぶせにされていた。

「百鬼先生、どら焼きの具合はいかがですか？」

コーヒーを並べながら鈴菜が訊くと、百鬼は顎に手をやり、思案げに目を伏せた。

「ぴんぴんしているようだが、これでも重傷です。なにしろ内臓が飛び出しているのですからね」

百鬼はどら焼きから飛び出したわたを人さし指で穴にむぎゅっと押し込んだ。

「ヒエッ」

鈴菜は思わず悲鳴を上げ、近くにいた朝顔に抱きついた。

『あら、あら、お鈴さんたら。そんなに怖がらなくたって大丈夫ですよ』

朝顔に、鈴を振るったように愛らしい声で笑われてしまった。

「だ、だけど、内臓だと思ったら、見てるだけでおっかないんだもん……」

わた＝内臓なのだとしたら、そんなぞんざいに扱ったらダメだと思う。

「ご心配には及びません。私の手にかかればすぐに治ります」

百鬼は持参してきたトランクケースの留め具をパチンと音を立てて外すと、中から注射器を取り出した。

慣れた手つきで注射針をセットしてから、部屋の隅で静かになりゆきを見守っていた理紅に目配せする。

「そこの少年。猫又の少女は非力そうですし、家政婦のお嬢さんはどうにも頼りない。麻酔を打つ際に九十九神が暴れるかもしれないので、押さえておいてください」

「承知しました」

聞き分けのよい理紅はちゃぶ台の傍に座ると、どら焼きの首の後ろと後ろ脚をそっと押さえた。

うつぶせになったどら焼きが、一生懸命に虚勢を張って、なにかもごもご言っている。

『わ、吾輩は自称今戸神社の招き猫である。こんな細い針ごとき怖くないのである』

「それはどうだかな……」

百鬼はちょっと嬉しそうに笑った。

鈴菜はこの男はとんでもないドSだと直感したが、もちろん口には出さなかった。

百鬼は「ちょっとだけちくっとしますよー」等の予告もなしに、無言で、いきなりどら焼きの背中に針を刺した。

ほどなくして、どら焼きのつぶらな瞳からぽろぽろと大粒の涙が溢れ出した。

『……ぴえーん』

どら焼きは情けない声で泣いたが、十秒と経たずに全身麻酔が効いたらしく、鼻をぴーぴーと鳴らしながら安らかな眠りについた。

百鬼はマスクをし、ゴム手袋を装着する。

「ああ、このわたもだいぶ傷んでいますね。背中には虫食いの穴もありますし、わたにダニでも湧いているんでしょう。この際、内臓は全部移植してしまおうかと思うのですが、よろしいですか」

「はい。特にリスクもないようであれば、お願いします」

百鬼と理紅の間で治療方針についての話がどんどん進められていく。

鈴菜と朝顔は身を寄せ合って、かたずをのんで彼らを見守った。

（あやかしの臓器移植……。どんな風におこなわれるんだろう）

百鬼はトランクケースをごそごそすると、袋詰めにされたわたと、小学校で配られるような、うさぎの絵が描かれたファンシーな裁縫セットを取り出した。

ギャップのひどさに鈴菜はつい百鬼の顔と裁縫セットを見比べてしまってから、裁縫セットの隅に――油性ペンは掠れてしまっているが――子供の字で『つばき　りか』と名前が書かれているのを見つけた。

『つばき　りか』なる人物と彼との接点は不明だが、知り合いの子供か誰かで、そのお下がりでも借りてきたのだろう。

百鬼はどら焼きの破れたところにピンセットを突っ込むと、わたを引っ張りだした。わたは雲のようにもくもくと出てくる。思ったよりもボリュームがあった。

すっかりわたが摘出されるのと同時に、どら焼きはぺたんこになった。

風が吹けば飛んでいってしまいそうなほどペラペラになったが、あやかしの身体のしくみとはいったいどうなっているのか、どら焼きはそんな状態になってしまってもなお気持ち良さそうに眠り続けていた。

百鬼は次に、百均に売っていそうな『もふもふ！　七倍に膨らむよ！』と書かれたわたの袋を破った。

取り出したわたを少しずつちぎりながら、どら焼きの穴にちまちまと入れていく。

どら焼きが、少しずつ膨らんでいく……。

平和な光景に、鈴菜はだんだんと眠たくなってきた。

つい大あくびをしてから理紅のほうを見ると、彼は鈴菜とは大違いで、剣道の試合相手を見据えるように、真剣なまなざしでどら焼きが膨らんでいく様子を見ていた。

わたをまんべんなくいきわたらせたところで、百鬼はマスクを外し、はじめてコーヒーに口をつけた。

「そうです。百鬼先生はコーヒーにお詳しいんですね！」

「ブルーマウンテンですね。ひょっとして、生豆から煎って挽いたのですか？」

睡魔に襲われていた鈴菜だったが、にわかに緊張し、百鬼の顔色をうかがった。

鈴菜は鼻息を荒くしてうなずいた。喫茶『三日月』では様々なコーヒーの種類ごとによって異なる最良の煎り方、挽き方を絹子さんのもとで長年かけて憶えてきた。

最高のコーヒーを最高のカップに淹れてお客様に提供する喫茶店『三日月』を再建すること――それが鈴菜の夢なので、コーヒーの話になると目の色が変わるのだ。

「私はコーヒー党ですから。酸味と風味が生きていて、とてもおいしいです」

「あ、ありがとうございます……！」

違いがわかっていそうな大人に褒められて、頬が紅くなる。

「あの、よろしければおかわりもいかがですか？」

意気込んで訊くと、百鬼は薄く微笑んだ。

「それでは……縫合手術を終えたらぜひ、お願いします」

百鬼はひと息ついてからカップを置いた。

それから彼は造形の美しい長い指で、ファンシーな裁縫セットの蓋を開けた。

中から取り出されたのは随分と古風な糸巻きだった。女児向けなのは裁縫道具を収めた箱だけだったようで、中身は針もピンクッションも指ぬきも、どれも相当の年代物のようだ。

百鬼は細い針に糸を通し、糸切り鋏(ばさみ)を使って適当な長さでパチンと切ると、玉留めをこしらえた。

あとはもう無言で、どら焼きの背中に空いた穴をちくちくと縫合してゆく。

きっと特殊な針と糸なのだろうが、手芸をしているようにしか見えない。

部屋が静かなので、鈴菜はまたうとうととしてきてしまう。

繕いもの……もとい、あやかしの外科手術は慣れているのか、彼はあっというまに穴を塞ぎ、最後にもう一度玉留めを作ると、糸の余分を切った。

「柚月さん、コーヒーのおかわりをいただけますか。手術は成功です」

「かしこまりました！」

仕事を与えられた鈴菜は一瞬で眠気も吹っ飛んで、張り切って台所で二杯目のコーヒーを淹れ、すぐに居間へと戻った。

居間では、百鬼が理紅と朝顔に今後のどら焼きについて説明しているところだった。

「三日間は安静です。これは頓服の鎮痛薬。傷痕が痛むようでしたら、この薬を煎じたものを飲ませてやると良いでしょう」

　百鬼がスーツケースから取って差し出した薬袋を、理紅が丁寧な所作で受け取る。

「ありがとうございました、百鬼先生」

『あ、ありがとうございました……』

　朝顔が三つ指をついて、深々と頭を下げる。

　百鬼は鈴菜がちゃぶ台に置いた二杯目のコーヒーをさっそく口に含み、ゆっくりと味わうように飲み下してから薄い朱唇に薄ら笑いを浮かべた。

「礼には及びません。怯えるあやかしに針を刺したり、内臓をかき混ぜたりするのは私の趣味でもありますから。とても楽しかったですよ……」

　危ない発言に、鈴菜は飛び上がりそうになった。

（わっ、この人も雨宮さんに負けず劣らず変な人だ！）

　鈴菜はとっさに朝顔を守るように抱きしめたが、彼は別段、朝顔には興味を示さなかった。それどころか鈴菜や理紅はもとより、もうどら焼きにすら興味を失ったようである。

　どこから取り出したのか、そろばんをはじいている。

　パチパチと軽快な音を立てながら、「金がありそうな家だ。今回は施術料でだいぶふんだくれそうだな」だとかなんとか、なにかぶつぶつ言っていた。

（あっ！　この医者、あからさまに人の足元見ながら金勘定してる！）

前に白兎の因幡が言っていたとおり、なかなかの銭ゲバのようだった。

しかし医者といっても慈善事業ではない。彼にも生活があるのだからしかたがないのだと、鈴菜はすぐに思考を切り替えた。

「請求書は後日、理紅君宛てに送ればいいのかな？　それとも君の保護者に？」

「いいえ、僕に送ってください。今日は本当にありがとうございました」

「こちらこそ。おいしいコーヒーをごちそうさま」

鈴菜は嬉しくなって、ついつい口元をほころばせてしまった。

百鬼は帰り支度を済ませ、医療道具を収めたケースを持って立ちあがる。

それからなんともいえないまなざしでどら焼きを見おろした。

「どら焼きに、なにか……異常が？」

理紅が訊くと、百鬼は「いや……」と首を横に振る。

そうして、「差しでがましいかもしれませんが」と前置きしてから告げた。

「こういうマスコット的なあやかしは、少し甘やかすといつまでも図々しく居座り続けるものだ。適当な時期を見計らって山にでも捨てることをおすすめします」

まるで百鬼自身の家にマスコット的なあやかしが居座っているかのような口ぶりだ。

おずおずと口をひらいたのは、朝顔だった。

『でも、あたし……最近、今戸神社の白猫のナミさんからこんな話を聞いたんです。紅い月が出た晩の前後には、このあたりを狼男が彷徨うって。だから非力な人やあやかしは、夜には出歩かないほうがいいって……』

鈴菜もそんな話を大学で聞いたような気がする。

日本の伝統工芸などを学んでいると、怪談好きの人が周りにひとりかふたりは必ずいるものだが、まさかナミさんまでそんなことを言っていたとは。

「へえ」

さして興味もなさそうに返した百鬼に失望したのか、朝顔は理紅に向き直った。

『で、ですから、あの、あの……理紅様……』

鈴菜は遠慮がちで控えめな朝顔が言わんとしていることを察して、代弁した。

「理紅君、どら焼きをしばらくここに置いておいてあげてもいいかな？　百鬼先生の言うように居座る可能性もあるけど、その場合はわたしが責任持って世話するよ」

理紅は鈴菜の頼みに対していやな顔ひとつせず、かすかに頬を染め、はにかむように笑った。

「いいよ。鈴姉さんの頼みなら。どら焼きでも今川焼きでも、なんでも置いて」

「ありがとう！　ちなみにどら焼きだよ！　理紅君は昔から優しいね！」

鈴菜が顔をほころばせると、理紅は白い瞼をいよいよ紅くして、目を逸らしてしまった。

　初々しいふたりの様子を微笑んで見守っていた朝顔であったが、思い出したように百鬼に話を振った。

『あの、百鬼先生。先生も確か、ええと、古いご友人のお孫さん……にあたる人間の若いお嬢さんと同居してらっしゃるって、風の噂で聞いたことがありますが……』

「梨花（りか）のことですか？　ちょうど柚月さんと同い年くらいですよ。大学一年生です」

「あ、じゃあ同級生ですね。神楽坂と浅草は離れていますけど、なにかと物騒な世の中ですから、お気をつけてくださいね」

「ご忠告をどうも」

　ですが、と、百鬼はねちっこい声音で続けた。

「あの娘のことなら心配いりません。私がそれはそれは大事に庇護（ひご）していますからね。今日も家という名の鳥籠に閉じ籠めてきてやりましたよ……」

「……えっ。あっ、そうですか。それはそれはなによりで」

　いよいよ目の前の医者から危ない空気を感じ取った鈴菜の声はひっくり返った。

　変なことに巻き込まれたくはないので、百鬼家の事情にはあまり深く立ち入らないことに決めた。

「――というわけで、私はもう行かなければ。俺の可愛い獲物――おっと間違えた、可愛い梨花に菓子でも与えなければならない刻限なのでね」

「倒錯的ななにかを感じますが、まあよいでしょう。せっかくですから、浅草でお土産を買っていってさしあげたらいかがですか。和菓子なら舟和の羊羹や長命寺桜もち、洋菓子でしたら星形のクッキーや浅草サンドがお勧めですよ。浅草花月堂のジャンボめろんぱんや、明るい農村っていうお店のたまごサンドは朝食にぜひ！」

　鈴菜はとりあえずパッと浮かんだお気に入りの店を挙げていった。

　浅草の観光大使でもなんでもないが、自分が生まれ育った愛する街だから、地元民以外の人たちにも浅草を好きになってほしいと思ってのことだ。

「じゃあ全部買っていこう。梨花と同い年の女性の君が言うなら、私の可愛い獲物のお眼鏡にもかなうだろうからね……」

　今度はもう『獲物』を訂正せずに、百鬼は愉しげに水守邸をあとにした。

　理紅と一緒に百鬼の車が通りの向こうに見えなくなるまで見送ってから、鈴菜は彼と肩を並べて再び居間に向かった。

「ふぅ……。腕は確かな感じはしたけど、なんか危ない雰囲気のお医者さんだったね。梨花さんって子、大丈夫なのかな」

「さあ……。でも、僕は悪い先生だとは思わなかったよ」

　廊下を歩きながら、鈴菜は首を傾げる。

「えー、どうして？　なんだかんだでどら焼きを優しく扱ってたから？」

「それもあるけど、人でもあやかしでも神でも、鈴姉さんのコーヒーを褒めてくれる人に、悪い人はいないと思うから」

「……もうっ、理紅君ったら！」

鈴菜はきゅんとして、自分よりもずっと背が高い幼馴染の横顔を見つめた。

日焼けしてもすぐに白くなってしまう象牙色の肌が、今はかすかに紅い。

（理紅きゅん！　可愛い！　しゅき！　しゅきー！）

胸の内で悶え、女児のように叫んでいるうちに、居間に着いた。

どら焼きは朝顔の膝の上で、鼻ちょうちんを膨らませたりしぼませたりしながら、気持ち良さそうに眠っていた。鈴菜は朝顔と向きあうようにして正座すると、どら焼きを起こさないようにそうっと頭を撫でた。

「よかったね、どら焼き。お医者さんに綺麗に穴を塞いでもらえて。それに、ここで暮らしてもいいって」

どら焼きは夢の中だが、少し笑ったように見えた。

『……むにゃむにゃ……恩に着るのである……』

それきりまた口を閉ざし、あとはぴーぴーと鼻を鳴らして寝入ってしまった。

このところ、理紅の部屋の明かりは夜遅くまで灯っていた。

まだ五月末だというのに、六月なかばの期末テストに向けて勉強しているのだ。

高校時代、試験前は一夜漬けで頭に叩き込む主義だった鈴菜は、計画性のある理紅を心から尊敬していた。

文系科目が苦手な理紅に英語や国語を教えるのは、家庭教師も兼ねた雨宮だ。

鈴菜はふたりの夜食にと昆布としゃけのおにぎり、それに麦茶のセットをふたつ作ると、理紅の部屋を訪ねていった。

ノックのあと、室内に入るようにと促されたので、鈴菜は「お邪魔します」と彼の私室へ足を踏み入れた。

学習机に向かう理紅のかたわらに雨宮が立ち、身をかがめて彼に指導している。

「そうです。前置詞のあとですから『~ing』。理紅様は呑み込みがお早い」

美貌の家庭教師と、美少年が寄り添う図……。

なんとも耽美的(たんびてき)な情景である。

鈴菜はその様子をまなうらに焼きつけつつ、広い学習机の隅に夜食を置いた。

「ありがとう、鈴姉さん。……こんな夜まで働かせちゃってごめんね」

「ううん！　水守さんからは充分すぎるお給金をいただいてるし、これくらいしないと罰があたるよ。それに、理紅君の健康と身の安全を守り通すのがわたしのライフワークだから！」

鼻息を荒くして力説する横で、雨宮がいかにもうるさそうな顔をした。

いけない、いけない、と鈴菜は口をつぐんだ。

こんなときに雨宮を不機嫌にしてしまったら、今夜の理紅への学習指導がスパルタになってしまうかもしれない。

だから、雨宮が喜びそうなことをついでに言った。

「雨宮さんもよろしかったらどうぞ。朝顔ちゃんが、雨宮さんは梅干しが苦手だって教えてくれたので、昆布としゃけにしてみました」

「朝顔が？　愛らしいばかりではなく、よく気がつくかただ。こんな私のような下僕の食の好みまで憶えていてくださったなんて……」

「雨宮さんは朝顔ちゃんの下僕だったんですね」

恍惚(こうこつ)としたまなざしをしてあらぬかたを見上げる雨宮に鈴菜がドン引いていると、別のほうから視線を感じた。

見れば理紅が、こちらをじっと見つめている。

鈴菜はぽっと頬を桜色に染めた。

「な、なあに？　理紅君にそんな風に見つめられたら、悶え死んじゃうよ……」

うわついた鈴菜とは裏腹に、理紅はまじめな顔つきで頬杖をつく。

「あのさ、狼男の噂について考えてたんだけど……」

「あ、ああ……。月の紅い晩の前後に出るっていうやつね」

「うん。これは僕のただの憶測に過ぎないんだけど、その狼男はもともとおとなしく人間社会に溶け込んでいたんじゃないかな。だけど彼も僕が目撃したのと同じ妖星を見てしまっていたのだとしたら……紅い月の影響を受けて、正気をなくしても不思議じゃないと思ったんだ」

「狼男って、そもそもどんなあやかしなの？　そんなに危ないのかな？」

「狼は……日本では神格化されて、古くは大神とも記述されていたとか。隠神とよばれる悪神のように、凶暴化すると人を攫(さら)うような極めて危険なあやかしだって、僕が調べた古文書には書いてあったけど……」

　隠神については、見るからに危険な空気を醸し出す百鬼医師も話していた。

――天つ神にまつろわない、古の神々につらなるものを隠神といいます。

　そして百鬼自身も隠神だそうで、彼は『可愛い梨花』なる少女を『獲物』と呼び、家に閉じ籠めているとも言っていた。

　そんな隠神と似たようなあやかしなのだとすれば、なるほど確かに危なそうだ。

　そのうち百鬼にとって喰(く)われてしまうのかもしれない少女のことも気がかりだが、

やっぱり心配なのは、自分のとても身近なところにいる理紅である。

（あやかしって、美少女を好むのよね。理紅君は綺麗な女顔だから狙われそう……）

だって理紅君ってば、こんなに美しいんだもの。

黒絹のようにさらふわの髪に長い睫毛、憂いを帯びたまなざし、日差しを受けても焼けない透き通った肌に、百合の花粉を塗りつけたように朱い唇……。

鈴菜は舐めまわすような目つきで、じっとりと理紅の全身を観察した。

そんな自分こそが変質者のような顔をしていることにも気づかずに。

（守らなきゃ）

鈴菜はきゅっと唇を引き結んで、ひとつめのおにぎりを手にした幼馴染の横で決意した。

赤ずきんちゃんよりも蠱惑（こわく）的で、その愛らしさで人を魅了してしまう理紅君が狼男に襲われる前に、わたしが理紅君を守らなきゃ！

「大丈夫だよ、理紅君！」

もくもくとおにぎりを食べる可愛い幼馴染に、鈴菜は柔らかく微笑みかけた。

「そんなあやかし、きっとそのうちいなくなるよ。だから理紅君は心配しないで？」

「まさかとは思うけど、鈴姉さん、狼男を素手で倒そうだなんて考えてないよね？」

ひとつめのおにぎりを完食した理紅が、麦茶をひと口飲んでから、鈴菜を見る。

この子には人の心を読む能力でもあるのだろうか。

鈴菜は一瞬そう思ったが、違った。

自分ときたら無意識のうちに、荒くれ者のように指をボキボキ鳴らしていたのである。

鈴菜は慌ててその手を後ろに組んで、ふるふると首を振った。

「ま、まままさか！　わたし脳筋ゴリラじゃないし！　そこまで無謀じゃないよ！」

脳筋ゴリラというのは小学生時代に鈴菜が男子たちからつけられていたあだ名だ。

ケンカっ早く、いたずらをされるとすぐに犯人を特定してボコボコにしていたから、そんな不名誉なあだ名がついたのだ。

「……それならいいけど。狼男の件がなくたって鈴姉さんは、……その、……可愛い女の子なんだから、あまり夜中にひとりで外を出歩いちゃだめだよ」

『可愛い』と口にしたとき、理紅がほんのりと瞼を染めて目を逸らしたのを、鈴菜は見逃さなかった。

脳筋ゴリラと呼ばれた女を可愛いと言う、そんな理紅こそ可愛い。

（うう、尊い……。理紅君が尊すぎて苦しいよ）

胸が苦しくなってしまい鈴菜が心臓のあたりを押さえていると、理紅は返事を促すように「ねぇ、わかった？」と声をかけてきた。

「んんー」

「……鈴姉さん」

鈴菜が「うん」とも「ううん」ともつかないあいまいな返事をしていると、理紅がだしぬけに席を立った。

怒らせちゃったのかな……と身をすくめた鈴菜をそのまま壁際まで追いつめると、彼女の身体を挟むように壁に両手をついた。

いわゆる壁ドンである。

朝顔の下僕はというと、そんなふたりを一瞥しただけで、すぐさま興味をなくしたようにもくもくとおにぎりを食べるのを再開した。

鈴菜はあわあわしながら理紅の顔を見上げた。

綺麗な顔をしている幼馴染は、鈴菜よりも頭ひとつぶんも背が高い。

肩幅も、鍛えあげられた腕の厚みもまったく鈴菜とは違う彼は、彼女が腕の檻から逃げ出そうとするのを許さずに告げた。

「この家では僕が主人なんだよ。……意味はわかっているよね？」

脅迫めいた口ぶりに思わず圧倒され、鈴菜は涙目でこくこくとうなずいた。

「わ、わかってますよ、理紅様。ちゃんと言うことを聞きますよう」

「もし僕の言いつけを破って勝手に出歩いたりしたら、それなりの罰を与えるから」

罰……。

罰といったら解雇だ。

解雇されたら、鈴菜は天井からヤスデが降ってくる安い事故物件に引っ越さなければならなくなる。

そうなったら寂しいからどら焼きは道連れにするつもりだが、理紅や朝顔とはもう会えなくなってしまう。

想像しただけで悲しくなってしまい肩を小刻みに震わすと、理紅に優しく髪を撫でられた。

彼に従っておとなしくしていれば、悪いようにはしないという意味だろうか。

「ううう……、わかったってば。だから理紅君、もう怒らないで？」

理紅は鈴菜の胸中を探るようにしばらくこちらの瞳をじっと覗きこんできたあとで、やっと解放してくれた。

「じゃ、じゃあ、わたしは先にやすませてもらうね。理紅君も身体壊しちゃうから、勉強は適当なところで切り上げて、早く寝てね？」

鈴菜はそれだけ言い置いて、そそくさと彼の部屋をあとにした。

その二十分後。

鈴菜は言問橋のほど近くを、浅草寺方面に向かっててくてくと歩いていた。

今夜は少し欠けた半月だ。

月は紅くはないが、ずっと眺めているとほんのりと桜色に見えてくる気がする。

(憂いの芽は早々に摘んでおくに越したことはないよね!)

鈴菜はやはり、どうしても、理紅が狼男に襲われやしないかと心配だったのだ。

理紅は過去に、剣道の大会で幾度も優勝している。だから鈴菜は、けっして彼を軟弱だと思っているわけではない。ただ、彼の竹刀ではあやかしを倒すことはできないのだ。そもそも、武道とはそういう荒事に利用するものではない。

ならばあやかしを物理攻撃で倒すことができるのは、きっとこの台東区では、自分ただひとりなのだ……。

それで夜に観音裏をパトロールして、狼男を見つけしだい捕獲するつもりで来た。

もちろん、狼男があんまりにもムキムキマッチョだったらなにも見なかったことにして逃げるが、見るからに自分より弱そうなやつだったらボコボコにしてやるのだ。

夜陰に乗じるには、さきほどまで着ていたような紅白の市松模様の着物に、ふりふりふわふわしたカフェエプロンというでたちは不向きなので、着替えた。

瑠璃紺の地に薄暗い雲と真っ黒な鳥が刺繍された単衣だ。

露草色の帯には真珠風のビーズが何粒かあしらわれた帯締めに、アルミか真鍮製の三日月の帯留めを付ける。

ほっかむりでもすれば完璧だったが、さすがに職務質問されそうなのでやめた。

昼と夜とでは異なる顔を持つ女……。

気分はもう、徳川吉宗。暴れん坊将軍である。

（さて、忘れ物はないかな。急いで裏口からこそこそ出てきたものだから……）

鈴菜はモダンな星の柄が入った巾着袋を開けた。

マトリョーシカのように、巾着の中からさらに出てきた和菓子柄の巾着の中には、ちょっとしたおやつが入っている。遠足ではないので、自分で食べる用ではない。あやかしの心をなごませるかもしれない、手作りの浄化の塩キャラメルに、手作りのお神酒入りボンボン。これはまあ、まきびしのようなものだ。

それから小銭入れに、スマートフォン、お邸の鍵、女の子の身だしなみのハンカチとティッシュ、それに絆創膏。

「よしよし、肝心のロープも入ってるね」

鈴菜はそこらで狼男が人間を襲っていたらグーでパンチして倒し、縛り上げた上で、お寺かどこかに突き出すつもりだった。だからロープが要るのである。

「それからどら焼きっと。……ふぅ、忘れ物はないね」

鈴菜はいったん巾着袋の口をきゅっと締めて二、三歩歩きだしてから、止まった。

もういちど巾着袋を開けてみると、見間違いではなく、さきほどまで百鬼に縫われていたどら焼きが入っていた。

「なんでどら焼きが入ってるの。三日間は安静にしてなきゃって言ったでしょ！」

『今戸神社の招き猫のかたわれとして、吾輩は浅草の平和のために頑張るのである』

「まーだ言ってら」

キリッとした顔をしてみせたどら焼きは、ついさっきまで眠りこけていたわりには元気だった。

巾着袋から顔を出し、虚空に向かってシュッシュッと猫パンチを繰り出している。

「こらこら」

鈴菜は眉をハの字に下げてたしなめた。

「せっかく百鬼先生が穴を塞いでくれたのに、あんまり激しい動きをするとまたわたが飛び出しちゃうよ」

言っても聞かない様子だったので、鈴菜は空中に向かってパンチを繰り出し続けるどら焼きをやや強引に巾着袋の中に沈めた。

浅草の初夏の一大イベント・三社祭りはもう終わってしまったが、この街はいつもお祭りのような活気がある。

雷門を雷門通りに沿って、東京スカイツリーとは反対方向に向かって歩いていくとオレンジ通りという商店街に入る。その突きあたりが伝法院だ。

喫茶『三日月』は伝法院の左右に延びる古い商店街、伝法院通りに店を構えていたので、この界隈は庭のようなものだった。

鈴菜の勘では、なんとなくだが、狼男は仲見世だとか浅草寺のような、いかにもな観光スポットには出てこないような気がするのだ。

かといって、あまりにひとけのない場所にも現れないだろう。

そうでなければ、あちこちで目撃情報が上がるはずがないのだ。

だから絶妙に仲見世からも伝法院通りからも外れたオレンジ通りに来てみたのだが、酔っ払いのサラリーマンふたり組が仲良く肩を組みながら歩いているだけで、怪しげな人間も凶悪そうなあやかしらしきものも見られなかった。

せっかく隠密(おんみつ)のような格好をしてきたというのに、無駄足だったのだろうか。

鈴菜は持っている巾着の中に話しかけてみた。

「わたし、妖気に鈍感でさ。いかにもって感じの見た目のあやかしじゃないと、あやかしだって気づかないんだ。どら焼きのことも最初ただのボロボロのぬいぐるみだと思っていたし。……どう？　どら焼きはなにかいやな気配を感じる？」

するとどら焼きがまた巾着袋から顔を出した。

すこしきょろきょろしたあとで、

『きゃーっ！』

と女の子のような悲鳴を上げて巾着袋から飛び出し、鈴菜の腰にしがみついてきた。

「ど、どうしたの⁉　なにかいるの⁉」

鈴菜が問うと、どら焼きはぷるぷると震えながら、肉球がついたもこもこの前脚の片方で、鈴菜の後ろを指差した。

鈴菜は恐る恐る振り返ってみた。

そうして、どら焼きをおびやかすものの正体がわかると、一気に脱力した。

「なんだ、オレンテくんじゃん」

オレンテくんとは、オレンジ通り商店街のゆるキャラの名前である。

脚以外は全身オレンジ色で、人間の丸っこい右手のような形をしており、かいわれ大根のような細い脚が二本生えている。

特筆すべきは目だ。

舌を出しながらあらぬ方向を見ており、焦点が合っていないのがポイントである。

雷門通りからオレンジ通りに入ると、左手に『オレンテくんのおうち』という看板が掲げられた電話ボックスのようなものが現れる。

これは文字通りオレンテくんのおうちで、使わないときのオレンテくんの着ぐるみが押し込まれているようすが透明のガラス越しに見えるのだった。

薄暗がりのなかで、あさっての方向に向きながら顔だけこちらを見ているオレンテくんの姿は確かに不気味ではあったが、叫ぶほどのことでもない。

どら焼きは鈴菜にしがみついたまま、半べそ顔でオレンテくんのおうちを見た。

『本当なのだ。ただのオレンテくんだったのだ。叫んだりしてすまなかったのだ』

律儀にもオレンテくんに謝罪している。

可愛いやつだ、と鈴菜は思わず微笑んでしまった。

またどら焼きが巾着袋から飛び出したら鈴菜の心臓にも悪いので、鈴菜はもうどら焼きを抱っこして夜のパトロールを続けることにした。

「花やしきのほうまで行ってみて、特になにも収穫がなかったら帰ろうか」

『花やしき？』

子猫よりも小さなどら焼きが、さらに身をちぢこまらせて鈴菜の手の内でぷるぷると震えだす。

「もう、今度はなあに？」

『知らぬのか？　花やしきのお化け屋敷のひとつ、《桜の怨霊》といえば都内でも屈指の心霊スポットなのだ。本物のお化けが出るともっぱらの噂なのだ』

「……出るよ」

鈴菜は無表情でうなずいた。

『ふぇ？』

不安げな声を発したどら焼きをからかってやろうと思いついて、鈴菜はぐりんっと白目をむき、首をカクカクさせて明らかに異常な動きをしながら、

「出るぞ出るぞ出るぞ出るぞ出るぞ出るぞ出るぞ出るぞ」

と壊れたラジオのように繰り返し、悪霊にとり憑かれた人のふりをした。

『……ぴえーん！　ぴえーん！』

どら焼きが鈴菜の腕から逃れようとジタバタし、可哀想なくらい泣いてしまったので鈴菜はすぐに猛省した。

「ご、ごめんね。ちょっとおどかしただけだよぅ……」

『ひどいのだ！　ひどいのだ！　吾輩、本当にお化けが怖いのに！』

どら焼きが泣きながら鈴菜の胸をポカスカと叩く。

鈴菜は自分の幼稚で軽率な行動をあらためて恥じ、懸命にどら焼きをなだめた。

「ごめんってばぁ。わかったよ、じゃあ今日はもう花やしきには行かないで帰ろう？帰りにコンビニで好きなお菓子買ってあげるから、それで許して？」

『ついでに今日は、吾輩と一緒に寝るのだ！』

「うん、いいよ。お布団に入れてあげるね」

鈴菜がどら焼きの三毛模様の背中をぽふぽふと優しく叩いているうちに、どら焼きは落ち着きを取り戻してきたのか、おとなしくなった。

オレンジ通りをあとにして、また観音裏方面へと歩き出す。

靴や鞄を扱う商店が多く軒をつらねる花川戸(はなかわど)問屋街を抜け、吉野通りに入り、今戸を目指してひたすら歩くこと十五分あまり。

途中のコンビニで約束通り、どら焼きにどら焼きを買ってあげた。

都立高校の手前、吉野橋を渡れば、終わりかけの躑躅(つつじ)の匂いに包まれた。

そのときである。暗闇に沈んだ躑躅の茂みから、がさがさと音がした。

『ヒエッ』

どら焼きがびくっとする。

この小さな三毛猫は、自称今戸神社の招き猫のわりにはずいぶんと怖がりらしい。

「大丈夫だってば。でかいゴキブリかねずみのどっちかでしょ」

『吾輩、ゴキブリもねずみも怖いのだ』

「なんだ、どうしようもないな……ギャッ！」

『なっ、なんなのだ!?』

だしぬけに下駄の裏にぐにゃりとした感触がして、鈴菜は声を上げた。

「な、なにか踏んだの！　ぐにゃって！」

『犬の糞かガムではないのか？』

そこは冷静などら焼きであった。

「そうかな。なんか足首に毛むくじゃらのものがあたった感じもしたんだけど」

「まさかまた吉良の犬がこのあたりを徘徊（はいかい）しているのではないかと疑い、鈴菜は地面に目を凝らした。

闇がひときわ濃くなっている部分があるが、暗くてよく見えない。

スマートフォンの懐中電灯アプリを使って照らしてみると、鈴菜の足元に濃い灰色の毛玉のようなものが転がっていた。大きさは小玉のスイカくらいである。

どら焼きをいったん巾着袋に入れてから毛玉を両手で掬いあげてみると、三角形の耳がピンと立った、黒っぽい子犬である。

「なんだか最近、やたらもふもふと縁があるなぁ」

鈴菜が呟くと、巾着袋の中からまたどら焼きが顔を出した。

『鈴菜、めったやたらに触らないほうがいいのだ。それ、あやかしなのだ』

「またまた。どら焼きってば本当に怖がりなんだから。どう見ても雑種のわんこだよ」

子犬は目をしょぼしょぼさせてぐったりしており、元気がない様子だ。

「このままじゃカラスに襲われちゃうね。これもなにかのご縁。保護してあげよっと」

『ぷんすかなのだ。きっとろくでもないあやかしなのだ。どうなっても知らないのだ』

「ふーんだ。怖がりすぎだよ。どら焼きの腰抜けー。弱虫ー。やーいやーい」

子犬をしっかりと抱き直し、小学生のようにどら焼きをからかいながら水守邸に向かって歩みを再開したところで、

「鈴姉さん」

背後から、聞き慣れた声に呼びとめられた。

鈴菜のことをそう呼ぶ人は、この世にひとりしかいない。

またしてもおっかなびっくり背後を振り向くと、秀麗なおもてに不機嫌そうな色を浮かべた理紅が腕組みして立っていた。

「どっどっどっ」

鈴菜は金魚のように口をぱくぱくさせた。

「どうして理紅君がここにいるの!?　お、お勉強してたはずじゃ……？」

「雨宮が途中で席を外したんだ。今日は月が水星と金星に接近して見える晩だとかで、朝顔が裏庭から夜空を見たいと言ったから、付き合ってあげたんだそうだよ。それで、どちらが先に気がついたのか知らないけれど、姉さんの普段使いの下駄がなくなっているこ とがわかったんだ。……雨宮が僕に報告してくれたよ」

「う……」

鈴菜は声を詰まらせた。

委縮した鈴菜との距離を詰め、理紅が静かな声で尋問をはじめる。

「それで、どこへ行ってたの？　コンビニじゃないだろう。わざわざ着替えて……」

「うう……」

「……勝手に出歩かないようにって言ったよね。僕の言いつけを破ったら、罰を与えるとも」

静かな怒りのためか、理紅の瞳がかすかに紅く変異しているように見えた。

窮地に追い込まれた鈴菜は、人としてあるまじき行為に出た。

「わああ、ごめんなさい！　こらっ！　どら焼き、だから言ったでしょ！」

どら焼きに罪をなすりつけたのである。

巾着袋の中で、どら焼きは当然のことながらおろおろした。

『えっ、えっ……？　わ、吾輩は悪くないのである！　本当なのである！』

「鈴姉さん……。往生際が悪いよ」

澄んだ精神の持ち主である理紅には、鈴菜が保身のための嘘をついていることなどお見通しだったようだ。

(万事きゅうりのお漬物(つけもの))

理紅とどら焼きからどんよりとした視線を向けられて、鈴菜は腰を直角に折り曲げて勢いよく頭を下げた。

「ごめんなさい！　勝手に出歩きましたし、どら焼きに罪をなすりつけました！」

『おまけに、途中で悪霊にとり憑かれたふりをして吾輩を脅かしてきたのだ！』

「そんなことを？　鈴姉さんって時々おとなげないことをするよね」

どら焼きにさらなる悪事を告げ口されて、鈴菜はますます小さくなった。

「お、お咎めならあとで受けるから、いまは見逃して」

鈴菜は懇願し、毛玉のような子犬を理紅の顔の前に近づけた。

「この子犬、ちょうどここで拾ったの。ひどく衰弱しているみたいだから、この子になにか食べさせてあげたいの。それで、明日になったら獣医さんに連れていく」

理紅は子犬をひと目見たとたん、小さくため息をついた。

「子犬って。……それ、あやかしだよ」

「え？　……ん？」

理紅までそんなことを言う。

(まさか、本当にあやかしなの？)

試しに自分の頬を犬のほっぺたにくっつけてみると、確かにピリッとしたものが背中に走った。鈴菜は目を見ひらき、声を上げた。

「あ、……っ、あやかしだ、これ！」

「霊感があるのに。鈴姉さんって、本当に鈍いというか……、鈍感だな」

『ほら見ろなのだ。吾輩はそのちっこいのがあやかしだと忠告したのだ』

「……う、うるさーい！　ふたりしてばかにしなくたっていいでしょ！」

拗ねた鈴菜は灰色のもふもふを抱きしめて、その毛並みに顔をうずめた。

「と、とにかく、わたしはこの子を助けてあげたいと思ってる。理紅君には迷惑かけないようにするから、……一晩だけおうちでお世話しちゃだめ？」

「鈴姉さんはずるい」

理紅は非難がましい目で鈴菜を見おろした。

「どうせ素なんだろうけど、あざとい。……そんな風に上目遣いで、頬を可愛らしく染めてお願いされたら、断れるわけがないじゃないか」

「あ、あざといって、なによ、それ。罰ならあとで受けるって言ってるでしょ！」

反論してしまったあとで、パッと口を押さえる。

(いまは逆ギレしている場合じゃない。しおらしくして、このもふもふを元気にすることだけに専念しよう)

鈴菜が静かになると、理紅は先に歩き出した。

しばらく黙って歩いていたが、ふいに彼が口にした。

「鈴姉さん」

「なあに？」

少し後ろを歩いていた鈴菜が小走りになって彼の隣に並ぶと、理紅は鈴菜に小さく笑いかけた。

「月と金星が接近しているのが肉眼でよく見えるよ。水星は……見えにくいけど」

つられたように鈴菜が夜空を見上げると、確かに月と金星が傍に並んで見える。

さきほどひとりで歩いていたときも空を見上げたのに、気づかなかった。

「ほんとだ」

鈴菜は目を細めて微笑んだ。

「……悪事はばれちゃったけど、今夜、理紅君と夜のお散歩ができて良かったよ」

たとえ言いつけを破った罪で解雇され、虫が出るボロ物件に移り住むことになろうとも——。

鈴菜は感傷に耽(ふけ)っているのを悟られまいとするように、目のほかは顔をもふもふにうずめ、邸へと続く道を一歩一歩、愛おしむように踏みしめて歩いた。


本物の犬や猫には人間と同じ食べ物を与えてはならないが、犬や猫の姿をしたあやかしには、人と同じ食事を与えても問題ない。

けれどももふもふ系のあやかしの食の好みは、その本来の姿の動物の嗜好(しこう)に影響を受けるそうだ。たとえば狐ならば油揚げを好み、猫ならば魚を好むというように。

数日前に鈴菜が金魚の帯飾りをつけていたら、朝顔に、『あら、おいしそうな金魚』と、ふわふわした笑顔で言われたものだ。

「犬はなんだろ。肉か。だけど、いまは肉がないな……」

台所に立った鈴菜は、子犬のためになにを作るべきか考えていた。

「鈴姉さん、このあいだハムを買ってきていなかった？」

取り急ぎ、犬用の餌入れに牛乳を注ぎにきた理紅が訊く。

それに対し、鈴菜は首を左右に振った。

「ハムはだめ。明日の朝食に、みんなに喫茶『三日月』風ミックスサンドを作るために買ったんだもん」

「そうだったんだ。……いつもありがとう、鈴姉さん」

天使のような幼馴染の微笑に、鈴菜の心臓はまたトゥンク……と音を立てた。

——が、次の理紅の一言で、また顔色を変える。

「じゃあ僕、そこのコンビニに行ってなにか肉っぽいものを買ってこようか？」

「だめ！」

鈴菜はぴしゃりと言った。

「もう夜の十時を過ぎてるよ。子供が出歩いていたら補導される時間です！」

「……また子供扱い……」

「だ、だってそれは本当だもん。わたしじゃなくて、都知事に文句を言ってよ」

暗い声で呟いた理紅にあたふたとフォローを入れながら、鈴菜は彼の肩越しにある戸棚を見た。

ガラス扉がついている棚のうちの一段を、干ししいたけや高野豆腐などの乾物の収納に利用している。

『大豆ミート』と書かれたパッケージが目にとまったとき、鈴菜は閃いて、パン、と両手を合わせた。

「なんちゃってお肉があった！　ハラルフードを作るつもりで買ったんだった！」

「ハラルフード？　どうしてまた？」

ハラルフードとは、特定の宗教の戒律において、食べることが許された食べ物のことだ。豚肉を食べてはいけないとか、教義にのっとったやり方で処理された肉以外は食べてはいけないとか、そうした厳しい決まりごとがある宗教がある。

「あのね、今度工芸科の一年で、みんなで夜ごはんを一緒に作って女子会することになったんだ。その中に外国人留学生の子がいるんだけど、宗教上の理由でお肉を食べられないっていうから、大豆ミートを使ったハラルフードに挑戦してみるの」

「へぇ。それで、鈴姉さんはなにを作るの？」

興味を惹かれたように理紅が訊ねてくる。

「ハンバーグと迷ったんだけど、はじめてだから、キーマカレーに挑戦してみるんだ。だってカレー粉って、なんでもカレー味にしちゃうから味付けに失敗する確率が減るんだもん。……理紅君、いまから練習がてら作ってみようと思うから、できあがったらちょっとだけお味見してね」

「うん。楽しみに待ってる。鈴姉さんが作る料理はなんでもおいしいから」

ああ、また頬をほんのりと薄紅色に染めて、照れたように笑う！

（もう！　理紅君のばかばか！　その顔は反則だってば！）

鈴菜はぎゅう、と自分の胸を強く押さえた。

『く、苦しいのだー』

腕の中でどら焼きが苦しそうにジタバタしたので、鈴菜は慌てて抱擁を緩めた。

すっかり忘れていたが、どら焼きが子犬型のあやかしを怖がるものだから、水守邸に着いてからずっとどら焼きを抱っこしていたのだった。

餌入れに牛乳を満たした理紅が子犬の待つ居間に戻ると言うので、鈴菜もついていった。あまりヨボヨボに弱っているようだったらカレーもきついだろうから、念のため子犬の状態を再確認する必要があった。

「牛乳だよ。飲める？」

理紅が子犬の前にそっと餌入れを置くと、子犬はさっそく近づいて、すん、と匂いを嗅いだ。それから小さな舌でぺろぺろと牛乳を舐めはじめる。

鈴菜と理紅は示し合わせたわけでもないのに、その愛苦しさに心奪われて、ふたり揃って体育座りをし、子犬がすっかり牛乳を飲み干すまでを見届けてしまった。

『ふわぁ……』

子犬は口の周りを舐めてから、のんびりとあくびをする。

次の瞬間、ポンッとポップコーンが弾けるような音がして、部屋の中にもくもくと白い煙が立ち籠めた。

『ふえーん』と悲鳴を上げて鈴菜にしがみついてきたのは、例によって泣き虫のどら焼きである。鈴菜はさすがにふえーんとは言わなかったが、多少は動揺した。

「い、いったいなにが起こったの？」

「変化（へんげ）したんだ」

落ち着いた声で理紅が答えた。

果たして彼の言葉の通り、霧が晴れるように白い煙が消えたとき、それまで子犬がいた場所には黒紋付に羽織袴姿の十歳くらいの少年がいた。褐色の肌に、エメラルドのように明るい緑色の目をした、どこか生意気そうな顔の美少年だった。

ゆるふわのわかめのような黒髪からは、同色の三角形の耳が生えていた。

(ケモ耳！　褐色肌！)

昂奮(こうふん)して声が出なくなった鈴菜に代わり、理紅が冷静に訊いた。

「ひょっとして、君が月の紅い夜にこのあたりを彷徨っていたという狼男？」

『……狼は狼だが。月の紅い夜？』

少年は少し思案したあとで、続けた。

『ああ、言われてみればそうだな。紅い月の魔力にあてられると、あやかしは欲望にあらがえなくなる。幸か不幸か、浅草はうまい店だらけの街だ。唐揚げやトンカツの匂いを嗅ぎつけるたびに、無意識に、ふらふらと外に出ていってしまってたんだ』

もふもふのケモ耳に視線を奪われていた鈴菜だったが、ハッと我に返った。

「大丈夫？　もしかして、しばらくろくに食べていないの？」

『食ってはいる。俺はこのあたりの家の娘の護衛として雇われているんだ。だから、金もある。……ただ、このところ野菜ばかり食ってて、力が……出ないんだ……』

少年はそう言い終えると、それだけで疲れてしまったようにうなだれた。

「だって犬……じゃなくて、狼って肉食でしょ。それなのにお野菜ばかり食べてたんじゃ、そりゃあ元気もなくなるよ」

「それに」と理紅が補足した。

「妖力も弱まるんじゃないの。……君は本当は大人なんだろう？」

え？　そうなの？　と鈴菜はぱちぱちと瞳をまたたいて少年の顔を見つめた。

どこからどう見ても愛くるしいケモ耳褐色肌の小学生である。

しかし、少年はぶっきらぼうに理紅の言葉を肯定した。

『ふん、そうだな。平常であれば人型をとればあんたぐらいのでかさになる。だけど今じゃ、このざまだ』

「本当は理紅君くらい大きいはずなのに、そんなちびっこになっちゃうなんて。よほど過酷なダイエットでもしてるの？」

気遣わしげに訊ねると、少年はぷいと顔をそむけた。

『違ぇ。俺は肉食をやめて菜食主義者になるって決めたんだ。それだけだ』

「唐揚げやトンカツの匂いを嗅ぐと我を失ってしまうくらいのお肉好きなのに、菜食主義者になるですって？　なんでまた。宗派にもよるだろうけど、いまどきお坊さんだって焼き肉ぐらい食べてるでしょうよ」

すると少年は袂に手を突っ込んで、一枚の写真を取り出した。

写真といってもペラペラしておらず、折れたり傷がついたりしないようにするためか硬質ケースに入れられている。よほど大事なものなのだろう。

見ろとばかりに写真を差し出されたので、鈴菜と理紅はそれを受け取り、まじまじと眺めた。そこには満開の桜を背景に、黒紋付羽織袴姿の青年と、藍の濃淡染めに御所解き文の絵付けがされた着物を纏った二十歳前後の女性の姿が写っていた。

たくましく、しなやかな体躯と精悍な顔立ちをした美青年がおそらくこの少年の本来の姿なのだろう。では、ふんわりとまとめた黒髪に白銀の簪を挿した、見るからにおしとやかな美女はいったい……？

『このえらいべっぴんは小夜といって、俺がお仕えしているお嬢だ。俺はお嬢の父君に雇われてる。大学生になって一人暮らしをはじめたお嬢を守ってほしいってな』

「これは確かにえらいべっぴんだわ。それに、あやかしをぶん殴ったこともなさそうなか弱さも感じる。お父さんが心配して護衛をつけたくなる気持ちもわかるな」

『うわっ、なんだよあんた、あやかしをぶん殴るのか。おっかねぇ女だな』

少年はＤＶ加害者を見るようなまなざしで鈴菜を見て、少し距離をとった。

そんなことには気が付かずに写真を見つめていた鈴菜は、ピンときた。

「わかった！」

薄紅の霞の中で淡い微笑を浮かべる小夜はカメラ目線だが、この青年ときたら、顔の向きこそカメラのほうを向いているが、その瞳は明らかに小夜を映している。そのまなざしは柔らかく、新緑のように明るい目が、かすかな熱を帯びて潤んでいる。

ははーん、こいつぁお嬢にホの字ってやつですか、と鈴菜は見当をつけたのだ。

写真を少年に返しながら、鈴菜は自分の推理を口にした。

「最近、ハリウッドの女優さんで菜食主義者になる人が増えてるって聞いたよ。さしずめ、小夜さんもセレブの影響を受けて菜食主義者になったってところだね」

その場にいた全員の注目が鈴菜に集まる。

鈴菜は確信を込めて結論を述べた。

「それで狼さん、あなたも小夜さんの真似をして菜食主義者になったんでしょ」

『な、なんでそう思うんだよ。俺がお嬢の真似をしてるだなんて。だいたい俺の名は狼さんじゃねぇ、クロガネっつーれっきとした名前があるんだ』

「じゃあクロガネ。この写真を見るに、ずばりあなたは小夜さんに恋をしている！」

少年は火がついたようにボッと顔を真っ赤にした。否定したいのか、口をぱくぱくさせているが、そんなことにはお構いなしに鈴菜は続けた。

「……けなげだな。本当はお肉が大好きなのに、あなたは好きな子と同じものを食べて、『おいしいね』って言い合いたかったんだね」

『な、な、なんなんだよあんた！　気持ち悪ぃな。……なんでわかるんだよ』

「なんでって……」

鈴菜はくすりと笑い、わざとらしく髪をかき上げた。

「わたしは大人の女だよ。男女の色恋にかけては、なんていうの、鋭い直感が働くの」

鈴菜の傍らで、「どこが鋭いんだか」と理紅がぼそりと呟いたような気がした。

紅くなって黙り込んでしまったクロガネに、鈴菜はさらに言う。

「でもね、わたしは、小夜さんの菜食主義は長続きしないと思うよ。あなたみたいにお野菜ばかり食べてるんだとしたら、そろそろ身体がたんぱく質を求めて悲鳴を上げるはず。そこでわたしは、にわか菜食主義者のあなたたちに、代替肉を提案しようと思うのです」

『代替肉?』

鈴菜はうなずき、隠密用の烏の着物にいつものふりふりロングエプロンを着けた。

「いまから、お肉を使わないキーマカレーを作ってあげる。本当にお肉を使わないことを証明したいから、わたしがお料理するところを横から見ていてほしいの。弱ったあなたを長いこと立ちっぱなしにさせないように、時短バージョンで作ります」

『……なんだかよくわからんが、そうまで言うなら見ててやる』

『吾輩も見ててやるのだ』

ふてぶてしく言ったあやかし二体とは対照的に、理紅はけなげだった。

「鈴姉さん、僕にもなにか手伝えることはある? 料理はできないけど、カレーなら去年の夏合宿で作ったから、多少は自信があるんだ」

懸命に訴えてくるそのまなざしに、鈴菜の鼓動はまたトゥンク……と高鳴った。

けれど、ふるふると首を横に振る。

「ありがとう、でも大丈夫。そんなちゃんとしたカレーじゃなくて、ほんとに適当な時短カレーなの……。お野菜はもうみじん切りにして冷凍してあるのを使うし、お肉は乾燥させてある大豆ミートだし、今夜はルーも市販のにしちゃうから」

「じゃあお皿を出したり、後片付けをする。……僕もなんでもいいから鈴姉さんの傍にいたいんだ。クロガネとふたりきりにしたくない」

実際にはどら焼きもいるのだが、彼がどら焼きをスルーしたことには鈴菜も気づかず、その少しやきもちを焼いたような口ぶりに今度こそ心臓を射貫かれてしまった。

（……ばかばか！　可愛すぎるよ、理紅君！　……好き！）

鈴菜は早鐘を打つ胸を押さえながら着物の裾を捌き、居間を飛び出していった。運動でもして発散しなければ悶え死んでしまいそうだったので、居間から台所までの短距離を全力疾走した。

突然鈴菜が逃げ出した居間で、『ふん』と鼻を鳴らしたのはクロガネだ。

『なーにが「男女の色恋にかけては鋭い直感が働く」だ。自分のことにかけてはさっぱりじゃねぇか。ガキが』

クロガネ少年はちらと理紅を見上げると、意地の悪そうな笑みを浮かべた。

『あれじゃぁ、あんたもこの先苦労するな。ああいう鈍感女には紳士的に好意を訴えてもまるで響かねぇもんだ。多少、強引に迫るぐれぇしねぇといつまで経っても色恋の対象にはならんぞ。鈴の字は中身は脳筋ゴリラのようだが、顔だけ見りゃあ可愛い。うかうかしてっと横からほかの奴にかすめ取られちまうから、せいぜい気をつけな』

　現時点では見た目年齢がどう見ても十歳前後の子供から恋愛指南を受けてしまった理紅は、微妙な気持ちで虚空を眺めた。

　喫茶『三日月』で提供していたキーマカレーには、様々なスパイスに、産地にこだわった国産野菜とお肉をふんだんに使用していたものだ。
が、充分すぎる額をいただいているとはいえ、理紅の父から支給された食費の中でやりくりする以上、理紅以外の者にふるまう食事にお金と時間をかけすぎるわけにもいかない。

　そこで大豆ミートの時短キーマカレーの登場である。

　便利なものはなんでも使うが勝ちだ。

　まず、みじん切りになった冷凍ミックス野菜をレンジで解凍し、フライパンにあける。それをおなじくみじん切りになっている大豆ミートと一緒にしんなりするまで炒(いた)める。

　邸のあるじや客人をこきつかうわけにはいかないので、鈴菜はどら焼きを補佐役に任命した。

「どら焼き、お醬油とって」

『がってん承知のすけでござる！』

「どら焼き、ケチャップとソースちょうだい」

『あいあいさー！』

「どら焼き、カレーの固形のルーをとってほしいの。棚の一番下にあるよ」

『わっしょいわっしょい！』

どら焼きが手際よく渡してくれた調味料と水を全部フライパンに加え、少し煮る。

「調味料に牛肉エキス等が入っているかもしれないけれど、もうめんどくさいので、それはこの際、ないものとします」

食い入るように横でフライパンを見つめるちびっこのクロガネがツッコミを入れてくる前に、鈴菜は言っておいた。

『わかった。時短ならしゃあねぇな』

聞き分けの大変よろしい子供である。……いや、実際は大きいのだが。

「理紅君、お皿を並べてもらってもいい？」

「うん。もちろん」

同じ下町生まれの下町育ちでも、いろんな人がいるものである。理紅はどら焼きのように『わっしょいわっしょい！』とは返事をせず、静かに品のある笑みを浮かべた。

（理紅君にはさっきもお夜食を作ったような気がするけれど、男の子だし、ちょっとくらいは食べられるでしょ）

とはいっても四枚のお皿にはごはんを小盛りによそい、出来上がったキーマカレーをたっぷりとかけた。食欲をそそるカレーの匂いが台所いっぱいに広がる。鈴菜も夜ごはんをたくさん食べたというのに、またお腹がすいてきた。

菜食主義者のクロガネのお皿以外には仕上げにとろーりとろける温玉を落として、時短キーマカレーの完成である。

「さあ、できた。試食会をしよう。大豆ミートを食べるのはわたしもはじめてだな」

一同はそれぞれのお皿とスプーンを自分で持って（どら焼きも二足歩行なので自分で持った）、居間へと移動した。

「いただきます」とそれぞれ手を合わせ、食事に手をつける。

（うーん、普通においしい！）

喫茶『三日月』のキーマカレーほどの深みはないが、固形のルーも馬鹿にはできない。スパイスの辛さが野菜の甘みと調和して、口の中でふわっと広がる。

気になる大豆ミートであるが、かすかに大豆の風味があるので完全なる「お肉！」とはならないが、おおむね、肉だった。

大豆ミートの評価に関しては、鈴菜よりもクロガネのほうが雑だった。

『まるで肉だが、本当に肉じゃねぇのか？』

そこまで肉々しくなくない？　と思いつつ、鈴菜は言った。

「大豆だよ。本当に大豆だからこそ、わざわざわたしが作るところを見せたんじゃない。袋に大豆ミートって書いてあったでしょ。つべこべ言わずに食べる！」

『大豆だと思うと奇妙な心地がするが、うまいな』

きっと肉に飢えていたというのもあるだろうが、クロガネはうまいうまいと褒めながら、ぱくぱくとカレーを食べ進め、あっという間にひと皿を平らげてしまった。

『おかわり！』

「あいよ！」

そう来ると思っていた鈴菜は素早く空の皿を受け取ると、台所に行った。

今度はごはんを山盛りにし、それとつりあうくらいたっぷりとカレーをかけたのをクロガネの前に置く。

クロガネがものすごい勢いで二杯目も食べ終えるのと、ほかの面々が一皿を完食するのはほぼ同時であった。

「ごちそうさまでした。……さて、わたしは食後のコーヒーでも淹れてくるね」

鈴菜は全員分のお皿を重ねて回収すると、また台所に引っ込んだ。

もう六月近いせいか今夜は蒸し暑いので、アイスコーヒーにする。

鈴菜はここへ移り住んだとき、喫茶三日月のロゴが入った紙コースターの余りも邸に持ってきていたので、せっかくだからそれを使うことにした。

（わたし以外はみんな子供だから、カフェオレにしたほうがいいのかな。……いや、でも最近、理紅君は子供扱いするとちょっと不機嫌になるから、選択制にしよっと）

四つのガラスのコップの中に氷を入れ、冷たいブラックコーヒーで満たしていく。

氷がガラスと触れ合って、カランカランと涼しげな音を立てた。

ミルクピッチャーに人数分のシロップ、それに紙の袋に入ったストローを四本お盆に載せて、鈴菜は居間へ引き返した。

ふすまを開けると、三人はさっきと同じ位置についたままちゃぶ台を囲んでいた。

人形のように美しい理紅に、ねずみと同じくらいの大きさをした小さなどら焼き、それから、褐色の肌をした精悍な顔立ちの美青年。

……いやいやいや、最後、誰だ。

と混乱したあとで、鈴菜は写真に写っていたクロガネの大きいバージョンとそこにいる青年が同じであることに思い至った。

どら焼きがわたを詰めたら膨らんだように、彼も、キーマカレーを食べたから大きくなったのだろう。

鈴菜はコースターをそれぞれの前に並べ、それからアイスコーヒーのグラスを置いてから、クロガネをしげしげと眺めた。

「すごい変わりようだね……。成長期の少年でもこんなすぐには大きくならないよ」

『そりゃあ、腹いっぱい食ったからな。鈴の字、ありがとな。すっげーうまかった！　うまくなかったら、こんなでかくなるまで食えなかったぜ！』

白い歯を見せてクロガネは笑った。犬歯が大きく発達しているので、やはりこの人は狼なのだなと鈴菜はしみじみと思った。

「ありがと。そんなに褒められたらわたしも照れちゃうよ。だけどあれ、冷凍野菜と市販のルー、それにスーパーで売ってる乾燥大豆ミートしか使ってないから、小夜さんに頼めばそっくり同じ味のキーマカレーを作ってくれるよ」

『てやんでい！　お嬢にそんなこと頼めっか！　お嬢はちょいとぼーっとしてっから、危なっかしくって火なんか使わせらんねぇや』

「過保護だなぁ。揚げものじゃないんだから、火傷なんかしやしないって……」

『ダメなもんはダメだ！　おい理紅坊、おめぇなら俺の気持ちがわかるだろ？　たとえば惚れた女が夜に出かけてったら、相手が十八でも心配して迎えにいくよな？』

鈴菜はすっかりたくましくなったクロガネと理紅の顔を順に見た。

十八歳とはピンポイントで自分の年齢だが、補導されないという意味で十八歳を例に挙げたのだろう。

　理紅は一瞬鈴菜のほうを見てから、すぐにクロガネに視線を戻した。

「……好きな人だったら迎えに行くよ。たとえ吉野橋のような近場でもね」

　ん、吉野橋？

　吉野橋は、先刻、鈴菜がクロガネをうっかり踏んづけてしまった橋でもあり、理紅に発見された場所でもある。

　吉野橋というのも単純に近所という意味での喩えなのかもしれないが、鈴菜はなんだかそわそわと視線を泳がせてしまった。

　なにを思っているのかクロガネはそんな鈴菜の様子をにやにやしながら眺めていたが、やがて思い出したように言った。

『お嬢もたまに寝言で「カルビ」とか「フライドチキン」とか呟いてんだ。きっと心の奥底では肉を食いてぇに違ぇねぇ。だから俺、お嬢に大豆の肉を勧めてみるぜ』

「小夜さんが気に入ってくれるといいけど。よかったらカレーの残り、持ってく？」

　鈴菜が申し出ると、クロガネは瞳を本物のエメラルドのようにきらきらと輝かせた。

『いいのか？　お嬢の一番の好物はカレーなんだ！　ぜってー喜ぶ！』

「ふふ、お味見してくれたお礼だよ。いつか小夜さんの感想を聞かせてね」

『おうよ！』

クロガネはもう小夜が喜ぶ姿を想像しているのか、かすかに顔を紅くしてニカッと笑った。

それから十五分後、カレー入りの保存容器と、おまけで付けた手作りの焼き菓子が入った風呂敷包みを手にして、クロガネは意気揚々と夜の浅草の街に消えていった。

門前で彼の姿を理紅とどら焼きとともに見送ってから、鈴菜はうっとりとため息をついた。

「イケメン狼男と可愛いお嬢様の恋かぁ。なんだか少女漫画みたいだな。うまくいくといいね」

『縁結びのことなら吾輩に祈るがよい』

鈴菜に抱っこされているどら焼きが誇らしげに言うので、鈴菜は苦笑した。

「どら焼きは自称今戸神社の招き猫だもんね。……じゃあ、ええと……。クロガネとお嬢様が結ばれて、幸せになりますように」

『うむ。その願い、叶えてしんぜよう』

どら焼きはおごそかな声で言ってから、今度は理紅の顔を見上げた。

『そなたも願うがよい。クロガネの縁結びは鈴菜が祈願したゆえ、そなたは自分自身の恋を願うがよい』

「僕は……」

鈴菜が興味津津といった様子で彼の顔を見つめていることに気がついたのか、理紅はなにか願い事を口にしかけて、やめてしまった。

「……またにするよ。今が幸せだから、特に願うことはないし」

「じゃ、妖星の痣が消えるようになってお願いしたら？　そうすれば、わたしが作ったごはんやお菓子以外も食べられるようになるよ」

鈴菜は我ながら名案だと思ったのだが、理紅からは「それは病気平癒の神様に願うべきことだよ」と困ったように笑いながら返された。

「それに、まだこの痣を消したくないんだ。僕が妖星の病から解放されたら、……縁が、切れてしまうんじゃないかと思うと……怖くて」

「なんの縁？」と首をかしげた鈴菜の口を、どら焼きがぷにぷにの肉球で押さえた。

『理紅、そなたの願いは承知した。縁が切れぬよう、吾輩、協力するのだ！』

どら焼きは心得顔だったが、鈴菜はさっぱりふたりの話についていけなかった。

満天の夜空の下。

すぴー……すぴー……とどら焼きが鈴菜の腕の中で眠ってしまったあとで、理紅は唐突に言った。

「鈴姉さん。夜も遅いから、家に入ろう」

「うん、そうだね。理紅君、こんな時間まで付き合ってくれてありがとう」

薔薇の芳香が漂う小径を通り抜けて、玄関扉から屋内に入る。

理紅は扉の鍵を厳重に閉めると、傍らに立つ鈴菜を見つめた。

「……さっそくだけど、言いつけを破って夜にひとりで出かけた罰、受けてくれる？」

罰、と聞いて、鈴菜は思わず息を呑む。

わかっていたことだけれど、まさかこんなに早くこの話になるなんて。

「解雇？」

直球に訊くと、理紅はあっさりと首を横に振った。

鈴菜はひとまずホッとした。もっとも恐れていたことは回避できたのだ。

けれど解雇でなければほかになにがあるのかわからず、鈴菜は不安げに理紅を見た。

装飾が施された手鞠のような天井灯の明かりだけでは薄暗く、理紅の白いおもてには濃い陰影が刻まれていた。長い睫毛が雪の頬を翳らせて、猫のそれを思わせる瞳には、ときおり紅い光がちらついているようにも見えた。

「あ、あの……」

鈴菜はうつむき、不安に思っていることをおずおずと口にした。

「パッチンガムとかはやめてね……？　あれ、地味に痛いから……」

「パッチンガム？」

理紅は不思議そうに首をかしげた。

まさか知らないとでもいうのだろうか。鈴菜は軽いカルチャーショックを受けた。

パッチンガムといえば、駄菓子屋で売っている、いたずらグッズの定番だ。

見た目は板ガムそっくりなのだが、ガム（に見せかけたおもちゃ）を一枚抜き取ろうとすると、金具で指をパッチンとやられる仕組みになっている。

理紅とは小中高と同じ学校に通っていたが、そういえば付き合う友人のタイプがまるで違っていたような気がしないでもない。

子供は学校の友達の影響を受けながら育つものだ。

麗しき理紅のコミュニティでは、パッチンガムなどというチープないたずらグッズは流行（はや）っていなかったに違いない……。

「なんでもないよ。痛いことじゃなければいいの」

「……鈴姉さんに痛いことなんかしないよ」

理紅はうっすらと微笑んだ。

清廉な彼には似合わない、艶然とした、どこか危険な笑みであった。

「ただ今夜、僕と一緒に寝てくれれば、……それで許してあげる」

「お、お、同じおふとんで？」

「もちろん、僕のおふとんで」

鈴菜は鼻血が出ないよう、あらかじめ鼻の上のほうを親指とひとさし指でつまんだ。

「それが罰？　いいよ！　むしろ、ご、ご褒美だよ……！　うふふ」

できるだけ変態っぽくならないよう明るく笑ったつもりだったが、いやらしい笑みになってしまった。理紅の顔に困惑の色が浮かんだ。

「いや……冗談のつもりだったんだけど……」

千載一遇のチャンスである、冗談で済ませてなるものか、と鈴菜はずいっと理紅のほうに身を乗り出して、真剣な顔をして言った。

「強がらなくたっていいよ。今日はなんだか暑くない？　理紅君、寝苦しい夜はいつも怖い夢を見て泣いていたでしょう。添い寝くらいしてあげる。……ん？　あっ！　だめだ、そうすると余計暑くなるのか！」

説得を試みたつもりが大失敗した！　と鈴菜は口を両手でパッと押さえたが、大丈夫なようだった。彼は鈴菜の下心に気づいているのかいないのか、淡々と口にする。

「後悔しても知らないよ」

「後悔なんてしないよ！」

理紅君の寝顔が見られるかもしれないんだから……！

鈴菜は緩みそうになる口元を引き結ぶのに必死だった。だから、彼が捕食者を見つけた獣のように目を細めたことには、気がつかなかった。

「ふうん。怖くないんだ？　……この前、あんな目に遭ったのに」

あんな目？

胸の内で反芻すれば、鮮明に記憶が蘇る。

（あ……）

先日、月が真っ赤に染まった晩。

吉良の犬捜しを手伝い、ついでにどら焼きを拾ったあの夜だ。

鈴菜は理紅に押し倒されて、着物を剥ぎ取られそうになった。鮮血を舐めさせられたし、口づけされそうにもなった……ような憶えがある。

鈴菜は自分をたやすく支配下に置いてしまった彼の腕力と情欲に濡れたまなざしを思い出して、さすがに赤面した。

（でも、でも、あれは理紅君が自分の意志でやったことじゃない）

紅い月の妖気にあてられたせいだ。

そして今夜の月は、紅くはない。ほんのりと桜色を帯びているだけだ。だから。

「……こ、怖くないもん」

鈴菜は小声で呟いてから、ぷいとそっぽを向いた。

「そっちこそ後悔しても知らないよ。わたし、すっごく寝相が悪いんだからね！」

一日中、くるくるとよく働いてくれていたから、疲れたのだろう。

寝間着の着物に着替えた鈴菜は、はじめこそ恥じらいに頬を染め、もぞもぞと自分の布団に潜り込んできたが、彼女にとってはやはり自分はただの弟にすぎないらしい。

横になってからいくらも経たないうちに、鈴菜はすやすやと気持ち良さそうな寝息を立てて眠ってしまった。

理紅は手を伸ばして、隣で眠る鈴菜の髪に指をうずめた。

彼女の髪はとても柔らかくて、いつも果物のような甘い匂いがする。

……寝苦しい夜に悪夢を見るのは本当だ。

幼い頃——まだ小学校に上がる前。

実父は時々、発作のように乱心した。

理紅を化け物の子だと罵倒し、ときには水守家の宝刀である日本刀を振りかざし、斬りかかろうとしてきたこともある。

幾度か実の父に殺されそうになったが、それらは表沙汰になることはなく、一家の秘密として封じられた。

兄の理人が助けてくれることもあったが、いつも守ってくれるわけではなかった。

いつだったか、根津の実家の蔵に閉じ込められ、外から火を放たれたこともあった。

……暗くて、熱くて、苦しくて、悲しくて、孤独だった。

義母が自分の危険もかえりみず、すぐに助け出してくれたおかげで死は免れたが、あれ以来、暗闇の中で暑さを感じると呼吸が苦しくなるのだ。

このまま、ひとりで孤独に死んでいくのではないかと……。

だが、今夜は違う。

触れられる距離に鈴菜がいて、甘く優しい香りで抱きしめるように全身を包みこんでくれる。……孤独な心を慰めてくれる。

確かに、鈴菜の寝相は悪かった。

子猫のように理紅に身体をすり寄せてきたかと思えば、目を閉じたままにっこりと笑い、

「アルパカ」

などとむにゃむにゃと寝言を言うのである。

……牧場でアルパカとの触れあい体験をしたときの夢でも見ているのだろう。

彼女は無類の動物好きだった。……優しいのだ。彼女は、なにものに対しても。

そう、自分だけが彼女に優しくされているわけではないのだとわかっていた。

だが、吐息が触れ合うほど傍に彼女を感じていると、込み上げてくる愛(いと)しさを抑え

られなくなってくる。

袷から覗く細い鎖骨、無垢な首すじにかかる髪、誘うように薄くひらかれた桜唇。

「……鈴」

理性が音を立てて崩壊しはじめる。

「鈴、……ごめん。好きなんだ」

こらえきれずに、鈴菜の唇に唇で触れようと——したときだった。

『ぴえーん、ぴえーん……』

自分と鈴菜の顔のあいだに、どら焼きがぽろぽろと涙を零しながら落ちてきた。

……どうして。どら焼きは居間にいたはずだ。

どこから入ってきたのか、いつからそこにいたのか、様々な疑問が頭を去来して動揺する理紅をよそに、どら焼きはめそめそと泣きながら話した。

『鈴菜は今日、吾輩に怖い話をしておどかしたおわびに吾輩と一緒に寝ると約束したのに、反故にしたのだ。ひどいのだ、ひどいのだ。ぴえーん』

理紅の胸に安堵とも失望ともつかないものが生じて、彼は深いため息をついた。

「……そうだったのか。鈴姉さんをとって悪かった。お前も一緒に寝よう」

どら焼きはこくん、とうなずいて、理紅にひっついてきた。

それから理紅は延々とどら焼きから、花やしきのお化け屋敷に現れるという本物のお化けについて聞かされることになった。

《桜の怨霊》の話をしながら泣きべそをかくどら焼きの顔を見ながら、理紅は、どら焼きが現れて良かったのかもしれないと思った。

この状況で鈴菜に口づけをしてしまったら、きっともう止まらなかっただろうから。


月が変わって六月。

庭の薔薇も散りはじめたある日の朝、クール便が届いた。

差出人の住所を見れば、台東区花川戸一丁目……と続き、名前の欄には『二宮小夜・クロガネ』とある。

「クール便だって。なんだろう？」

いつものちゃぶ台に荷物を置いて、理紅とどら焼きとともにさっそく開封してみると、中には以前、カレーを入れて渡した保存容器が入っていた。

保存容器は綺麗に洗浄され、中には代わりに、小夜の手作りだろうか、ハート形をしたひとくちサイズのパイが綺麗に敷きつめられている。

『パイなのだ！　中身はなんぞやなのだ！』

犬のように尻尾を振ったどら焼きに、鈴菜は「ちょっと待ってね」と言って、一緒に入っていた手紙を開けた。

　中には一枚の写真が同封されていた。

　写真には、『東京お肉まつり』と書かれたのぼりを背景に、マンモスの肉のような骨つき肉に豪快にかぶりつくクロガネと小夜お嬢様の姿が写っていた。

　手紙は小夜からで、美しい字で次のようにしたためられていた。

　　水守理紅様、柚月鈴菜様、どら焼き様

　はじめまして。わたしは二宮(にのみや)小夜と申します。

　先日はクロガネがたいへんお世話になりました。

　いただいたキーマカレー、とってもとってもおいしかったです!

　御礼というにはささやかではございますが、感謝の気持ちを込めて、A5ランクの黒毛和牛をふんだんに使ったミートパイをお送りいたします。

　さて、クロガネからすでにお聞き及びのことと存じますが、わたしは一時期、ブームにのっかって、にわか菜食主義者となっておりました。

そのせいでクロガネが縮んでしまうという事態になってしまい、また、わたし自身もお肉のない生活に耐えきれなくなってしまったため、菜食主義をやめることといたしました。現在はクロガネと一緒に、肉フェスとあらば駆けつける、楽しいお肉ライフを送っております。

今度うちで焼き肉パーティーを開催しようと思っておりますので、その際にはぜひ、理紅さんと鈴菜さん、そしてどら焼きさん、みなさまお揃いでいらしてくださいね。

追伸

クロガネのように、この頃、よろしくない月星の影響を受けて、普段はおとなしやかなあやかしたちが、突然、極端な行動に出てしまうことがあるのだとクロガネから聞いております。

クロガネは、鈴菜さんのお料理には、なにかあやかしの気持ちをやわらげて、正気を取り戻させるような不思議な力を秘めているのだと、熱心にわたしに話してくれました。

そこで、わたしからひとつ提案がございます。

月の魔力に惑わされている哀れなあやかしたちのために、これから、ときどきでもよいから、お料理店をひらいてみてはいかがかしら？

食堂といったほうがよいのかしら。

お料理に関してはわたしはさっぱりですから（このミートパイだって、ほとんどクロガネが手伝ってくれたの）お力になれないかもしれないけれど、資金や物資の面で支援できるかもしれないわ。

お気が向いたら、ぜひ前向きに検討なさってね。


……A5ランクの黒毛和牛のミートパイ、マンモス肉、焼き肉パーティー。

やたら肉の情報量の多い手紙ではあったが、鈴菜は追伸の内容に強く惹かれるものを感じた。

（あやかし料理店……！）

心揺さぶられる響きだった。

クリームソーダを飲み干したときの白兎の満足げな顔や、塩キャラメルをあげたときの朝顔の輝くような笑顔、時短キーマカレーをおいしそうに食べてくれたクロガネの姿が次々と思い起こされる。

胸が高揚感でドキドキしてきた。

（やってみたい、かも……）

だってこれは、もしかしたら理紅の病を治す手がかりにもなるかもしれないから。

鈴菜はひとまず手紙を折り畳んで、大事に封筒に仕舞った。

（まずはちゃんと方針を決めてから、理紅君にまじめに相談しよう）

そう決意を固め、膝の上でひそかに両手を握りしめた。

四

人魚とシーフードグラタン

『暇なのだ。鈴菜、今日午後が休講なら、どこかへ遊びに連れていってほしいのだ』

居間の畳の上で大の字になって寝転がりながら、どら焼きが退屈そうに言った。

六月も半ばを過ぎた、木曜日の昼下がりである。

ちゃぶ台をふきんで水拭きしていた鈴菜は、すげなく返した。

「こないだ夜のオレンジ通りに連れてってあげたじゃん。オレンテくん見たでしょ」

『あれはただのパトロールだったのだ。遊びに行ってないのだ』

むくれたどら焼きをまたいで、ちゃぶ台の反対側も綺麗にしながら鈴菜は言う。

「だーめ。わたし、今日は理紅君に大事なお話があるんだから」

『あやかし料理店をひらきたいという相談か？　じゃあ、そのあとでもよいのだ』

どら焼きにはあやかし料理店をひらきたいという話はそれとなくしてあった。

お代はお金ではなく、目に見えない気持ちを置いていってもらうというコンセプトのあやかし料理店。

それはもはや店と言ってよいのかわからないが、現行法ではまだ社会福祉の恩恵にあずかれないあやかしたちの中には、一円もお金を持たず、飢えているものもごまんといる。そうした貧しいあやかしたちに雇用機会を提供するのが東京都の多摩地域にある『千早あやかし派遣會社』などだが、二十三区にはそうした会社がなく、働きたくても働けないあやかしが溢れているのが現状だ。

鈴菜はそうした貧困妖怪や月の魔力に苦しめられているあやかしを救うため、儲けは度外視の慈善事業としてあやかしたちに食事を提供したいと思っている。

だが、理紅がそれに賛同してくれるかどうかは現時点ではわからなかった。

「あのねぇ、わたしはこの家に雇われてるの。雇われの身のわたしが、この家であやかしにごはんをふるまうスペースを提供してほしいって頼むんだよ。それってすごくお願いしにくいことなんだから！」

どら焼きは聞いているのかいないのか、うんともすんとも言わずにゴロゴロしている。このあと雨宮がここへ来て、掃除機をかける予定になっている。

どら焼きは数日前に掃除機に吸い込まれ、ほこりまみれになってしまうという事故があったばかりだというのに、のんきなものだ。鈴菜はため息をついて、どら焼きを安全なちゃぶ台の上へと移動させた。

そこへ、玄関扉が開く音がした。

玄関から足音が近づいてきて、居間のふすまが開く。

「ただいま」

夏の制服に、臙脂に黄金のストライプが入ったネクタイを締めた理紅が姿を現した。

今週はテスト期間で部活もないので、彼の帰宅は早いのだ。

「理紅君、おかえりなさい！　今日もテスト、お疲れ様」

『おかえりなのだ』

彼のほうを見て微笑みかけてから、鈴菜の視線はその肢体に縫いとめられた。

ワイシャツの半袖から伸びる腕には厚みがあるが、余計な肉はいっさいついておらず、硬く引き締まっている。男の人特有の、肘から下にかけてくっきりと浮きだした太く蒼い血管に、胸がトゥンク……と音を立てた。

（どうしよう……理紅君が男の人みたいで——いや男の人か——かっこいい……！）

『可愛い』ではなく『かっこいい』と思ってしまったあとで、鈴菜は頭を振る。

——弟的存在をかっこいいだなんて思うのはダメ！

自分は朝顔の下僕であるときっぱりと言いきった雨宮のように突き抜けた変人ならともかく、自分はまだ普通の女の子なのだから、道を踏み外してはならない。

そう言い聞かせつつも鈴菜は彼の姿を直視できず、目を逸らした。

「り、理紅君。あのね、相談があるんだけど……」

「どうしたの、かしこまっちゃって」

「えっと……とても図々しいお願いなんだけどね……」

ちらと再び彼のほうを見ると、美しい微笑をたたえた理紅が、長くまっすぐに伸びた氷魚のような指でネクタイを緩めるところだった。まだ高校二年生の彼の、色香ただよう大人びた所作にまたドキドキしてしまい、鈴菜は口をつぐんでしまう。

（わたし、どうしちゃったんだろう。十八歳未満の青少年にムラムラ……じゃなくて、ドキドキしちゃうなんて、いけないことなのに……！）

……紅い月の瘴気とはうつるものなのだろうか。理紅に無理やり押し倒され、身体のあちこちに触れられたあの晩から、ふとした瞬間に彼を意識してしまう自分がいる。

（あまり考えないようにしてたけど、あのとき、塩キャラメルを持っていなかったら、わたしどうなっちゃってたのかな）

とてつもなく不埒で汚れた妄想が頭をよぎり、鈴菜は「キエェーッ！」と叫びながら自分の頭をポカスカ殴りだした。

「す、鈴姉さん、どうしたの……!?　さっきから様子がおかしいよ！」

『鈴菜はいつも変なのだ。触るとバカがうつるから、ほっとくのだ』

どら焼きは冷たかったが、正義と純潔と慈愛の権化である理紅は違った。

急に自罰的になってしまった鈴菜の両手首を掴むと、そっと身体の横におろさせた。

「なんだか顔が紅いな。鈴姉さん、もしかして熱があるんじゃない？」

理紅の大きな手にそっと頬を包み込まれたら、ますます顔が火照ってしまった。

『にゃー！　まどろっこしいのだ！』

蒸し暑さはときにあやかしをも凶暴にする。

今度はどら焼きがいきなり叫んで、ちゃぶ台の上に二本足で立った。

『理紅、鈴菜がこの家であやかしのための非営利の料理店をひらきたいそうなのだ』

「わーっ⁉　そんな簡単に言ってくれちゃって！」

「いいよ」

「えーっ⁉　そんな簡単に許してくれちゃって！」

鈴菜は目を真ん丸に見ひらいて、高速でどら焼きと理紅を交互に見た。

ネクタイをすっかりほどき終え、ボタンもふたつあけた理紅は涼しい顔で言う。

「だって鈴姉さん、このあいだ、クロガネが仕えている――二宮さんだっけ――から届いた手紙の追伸欄を食い入るように見てたから……。むしろいつ言い出すのかなって待ってたくらいだよ」

「そ、そんな……」

思いもよらなかった反応に、鈴菜は歓喜する以前にあわあわした。

「迷惑じゃない？　しょっちゅうお客さんが来たら落ち着かないなんてことない？」

「別に……僕の私室は二階だし。でも、いつも家に上げるっていうんじゃ、お客さんのほうが遠慮してしまうかもしれないね……」

　理紅はいったん言葉を切り、少し考えてから提案した。

「この家には使われていない離れがあるんだ。かつて外交官だった先祖が、外国人をもてなすために作った食堂だそうだけど……そこを喫茶スペースにするのはどうかな。あとは、庭に簡単なテーブルと椅子を置けばテラス席にもなるし」

　鈴菜は首をかしげた。

「離れ？」

「そっか」と気がついたように理紅は言う。

「そういえば、鈴姉さんとは母屋でしか遊んだことがなかったな。案内するよ」

　彼はそう言うとどら焼きを片手で抱き上げ、あいたほうの手で鈴菜の手を握った。

　たぶん、いや絶対に理紅はなにも考えずに幼い頃からの習慣で手を繋いだだけなのだろうが、鈴菜のほうはといえば、彼の手の大きさとびっくりするような熱さにまたくらくらして、目を回すのだった。


　中庭から和洋折衷の造りの母屋の裏手へ回ると、小径に煉瓦が据えられた英国式庭園が突如として現れた。

目が眩むほどの新緑に、雪白や淡紅、薄水青の紫陽花、朱鷺色のグラデーションが美しい合歓の木の花、砂糖菓子のように愛らしいカルミア、月の雫を思わせる純白の擬宝珠が今を盛りとばかりに咲いている。

中でもひときわ目を惹くのはアーチ型をした紅薔薇の隧道であった。

甘い芳香をただよわせながら、さらにその奥へと人を導いているかのようだった。

「足元に気をつけて。夜のうちに雨が降ったから、滑りやすくなっている」

理紅は王子様のように紳士的に注意を促してから、鈴菜を薔薇の隧道の先へといざなった。

視界がひらけると、そこはもう薔薇の花ばかりが咲く薔薇園であった。

真紅に桜色、珊瑚朱、淡黄に白に……珍しい黒薔薇まである。色も様々だが、形も大きさも様々であった。軽やかな一重の薔薇もあれば、多層のパイ菓子のように花片が幾重にもなった薔薇も咲いている。雲間から初夏の日差しが降り注ぎ、昨夜の雨に濡れそぼった葉や花を宝石のように輝かせていた。

煉瓦敷きの小径の先には、まるで絵本の中に登場しそうな、煙突がついたスレート葺きの赤いマンサード屋根と、白漆喰の外壁が可愛らしい小さな洋館が建っている。

鈴菜はぽかんと口をあけた。

「こ、ここが離れなの？　まるで西洋のお城みたい……！　というか、外から見えるから存在は知ってたけど、今の今まで隣のお家だと思ってたよ……」

「そうなの？　じゃあ、もっと早く教えてあげれば良かったかな。中へ入ろう」

理紅は繊細な花の透かし彫りが施された黄金の鍵を取り出して、洋館の扉の鍵穴へと差し込んだ。カチリと音がしたのを確認し、彼が扉を開ける。先に入るように促された鈴菜は、二、三歩も進まないうちに、その内装の美しさに息をとめた。

灰桜の漆喰の壁面には、上部に日輪型の装飾が施された古代アーチ型の窓が奥まで連なり、窓と窓の間には黄金の燭台を彷彿とさせるアンティーク調のウォールランプが掛けられている。ぐるりと見渡せば、天井からは星を集めたようなシャンデリアが下がり、反対側の壁面には暖炉と、煉瓦造りのマントルピースまであった。

そして広間の至るところに配置された、円形のテーブルに、臙脂色の別珍の布張りがされた背もたれつきの椅子。

「すごい、すごい……！　外観といい、内装といい、まるでデ・ラランデ邸だわ！」

『なんなのだ、そのデラランなんとかというのは』

理紅に抱っこされながら質問してきたどら焼きに、鈴菜は鼻息も荒く答えた。

「かつて新宿区の信濃町にあったっていう洋館だよ！　今は小金井市の江戸東京たてもの園に復元されてる。江戸東京たてもの園では、まさにカフェスペースとして利用されてるの！　純喫茶研究に奔走した時期があって、そのときに行ったんだ！　理紅君のおうちが和洋折衷の造りなのは知っていたけれど、まさかこんな別世界まで広がっていたなんて……！」

鈴菜は気分が高揚し、つい踊るようにくるくると回ってしまった。

着物の上に着けたエプロンが風をはらんでふわふわと波打つ。

たまたまではあるが、今日はアンティーク着物——菖蒲色と白の矢絣（やがすり）の銘仙を纏っていたこともあり、気分はもうすっかり花の大正時代の給仕係さんだ。

「ふぅ、麗しの大正浪漫……」

ぽわんとして頭に浮かんだ言葉を呟くと、理紅が「よくわかったね」と言った。

「離れが建てられたのは大正時代の後期なんだ。だから大正の前期に建設された母屋とはだいぶ趣が異なるんだよ。母屋は東京大空襲で全焼し、いま僕たちが住んでいるのは修復されたものだけど、この離れは純粋な木造建築ではないから奇跡的に被災を免れて、今も昔と同じ姿をとどめているんだ」

へぇ、と鈴菜は感嘆の声を漏らしてから、下町育ちならば幼い頃から聞かされる、東京大空襲に思いを馳せた。

一九四五年、三月十日。

何百もの爆撃機が下町の空を多い、およそ四十万発の焼夷弾（しょういだん）を投下した。

防空壕も隅田川も、たちまち炎の渦に呑み込まれ、人々があたりまえに笑い、泣き、支えあいながら生活を営んでいた浅草界隈はたった一夜にして焼け野原になった。

火の手がまわるのが早かったのは、木造の民家が密集していたからで、命を落とした人の数は十万人にものぼるといわれている。

（この洋館はここでずっと静かに浅草の壊滅と復興の道のりを眺めていたのね……）

どら焼きのように、使い込まれた古い器物には魂が宿り、あやかしや神になる。

家にも魂が宿っているのだとしたら、この洋館は浅草の変遷をどんな思いで見てきたのだろう。とりとめもなくそんなことを考えながら、鈴菜は滑らかな壁を撫でた。

「それにしても、すごく綺麗ね。ほこりひとつ見つからないわ」

「掃除担当の雨宮が定期的に管理してくれているから。椅子の布は、傷んでいたのを朝顔が張り替えてくれたんだよ」

「えっ⁉　張り替えたの⁉　朝顔ちゃんが⁉　すごっ」

鈴菜は席のひとつに駆け寄っていって、綿が詰められ、手触りの良い布が張られた椅子をつぶさに眺めた。ほころびひとつ、ゆがみひとつ見つからない。

朝顔はもはや裁縫のプロだ。職人だ……。そして雨宮は朝顔の下僕なだけではなく、ちゃんと仕事をしているんだな、と鈴菜はひそやかに彼を見直した。

テーブルの上をちょろちょろしていたどら焼きも、昂奮した口調で言う。

『テーブルクロスを敷けば、今夜からでもあやかし料理店がひらけそうなのだ！』

「ああ、テーブルクロスはだいぶ汚れていたから以前のは処分してしまったんだけど、三日前に新しいものが届いたから、それを使うといいよ」

「三日前？」

鈴菜はきょとんとして理紅の顔を見た。

三日前といえば、つい最近ではないか。

なんだってまた彼はテーブルクロスなど買ったのだろう。

「取り寄せておいたんだ。さっきも言ったけど、鈴姉さんはきっとここであやかしに料理をふるまうことを望むと思ったから」

「理紅君……」

彼の名を口にしたら、瞳からほろりと涙が零れた。

「え……鈴姉さん……⁉」

いつも冷静沈着な理紅が、めずらしくあわあわしている。

可愛い弟の貴重な姿だからまなうらに焼き付けておきたいのに、視界が滲んで彼の姿がよく見えない。鈴菜は涙声で訊いた。

「なんでそんなに優しくしてくれるの？　わたし、ただの幼馴染で、家政婦なのに」

「なんでって……。あなたこそ、なぜわからないの？」

理紅は鈴菜の頬に透明のすじを引く涙を、そっと指先で掬いとる。

「鈴姉さんがとても大事な人だからだよ。なんでもしてあげたくなる」

鈴菜は声を詰まらせた。

なんでもしてあげたくなるのは、こっちのほうだ。

鈴菜はエプロンの裾で涙を拭き拭きし、落ち着いてから威勢よく言った。

「理紅君、わたし、理紅君にお礼がしたい！」

「え、お礼なんていいよ」

そう来ると思ったが、ここで引き下がっては女がすたる。

「ううん。こんなによくしてもらっているのになにも恩に報いなかったらバチがあたっちゃう。ねぇ、なにかほしいものはない？　かっこいい時計とか、新しい防具とか、あとは、ええと、うーんと……」

男の子がほしがりそうなものがあまり思い浮かばず、鈴菜は考え込んでしまった。

「いや、だからなにもいらないってば」

「そういうわけにはいかないよ。じゃあわたしになにかさせて。料理は仕事だから、料理以外で。わたし、なんでもするよ！」

『はい、『なんでもする』が出ましたなのだ！　アウトなのだー！』

テーブルの上でひとりで遊んでいたどら焼きが、急にくちばしを挟んできた。

なにがアウトなのか不明なので、鈴菜は無視して理紅のほうに注意を引き戻す。

「なんでもするの？」

一歩、距離を詰めてきた理紅に、鈴菜は元気よくうなずいてみせた。

「うん！」

理紅は軽く嘆息すると、無言で手を伸ばし、鈴菜の頬にかかった髪を耳にかけた。

彼のまとう空気が一変する。目は優しいはしばみ色で、月の瘴気にあてられたのではないことはわかるが、怖いくらい真剣なまなざしに鈴菜の胸は早駆けをはじめる。

後退する間もなく、後頭部と腰に手を回されて、ぎゅっときつく抱きしめられた。

「り、理紅君……？」

甘えてきているというには気迫がありすぎて、鈴菜は困惑した。

（わたし、またなにか変なこと言っちゃったの？　どら焼きもアウトって言ってたし）

耳に薔薇の花片のようにしっとりとした、冷たい感触がした。覚えのある感覚だ。

彼の唇は冷たいのに、触れたところが燃えるように熱くなる。

「だめだよ」

低い声で彼が叱責する。

「軽々しく『なんでもする』なんて口にしちゃ。もしいま空に紅い月が昇っていたら、月の瘴気に理性の箍を外された僕はきっとここで、この前よりもひどいことをあなたにしただろうね」

　彼が喋るたびに耳に触れる吐息が、鈴菜から力を奪っていくようだった。気を抜くと腰が抜けてしまいそうで、鈴菜はわざと強気な口調で返す。

「おどかさないで」

　けれど、彼に虚勢は通用しなかった。腰を抱きすくめる手に力を籠められて、言い含めるようにゆっくりと告げられる。

「脅しじゃなくて、警告だ。……痛いこともするかもしれない。こんな風に……」

　耳元で軽く息を吸い込む気配がしたあとで、鈴菜は耳たぶに甘い痛みを感じた。

　噛まれているのだとすぐに気がつき、そのとたん混乱して彼の腕の中で身じろいだ。

　しかしもがけばもがくほど、鈴菜は自分の非力を思い知らされるだけだった。

　位置をずらされて、また歯を立てられる。痛くはない。あくまでも甘噛みだ。

　それでも――いや、だからこそ、かつて感じたことのないようなぞくぞくした感覚が背すじを駆け下りて、鈴菜は怖くなって思わず彼の背中に強くしがみついた。

「も、……もういいから。もうわかったの……！」

「なにがわかったの？」

　耳奥に直接吹き込まれるように尋問されて、肩がびくりと震える。

「……もう軽々しく、うかつなこと言ったりしないから……！」

「約束だよ」

「……うん」

「二度目はないからね」

「……うん……」

鈴菜が何度もこくこくとうなずくと、彼はやっと手を離してくれた。

力が抜け落ちて思わずテーブルに手をつくと、どら焼きが『ほーら、言ったのだ』と得意げに言いながら鈴菜の傍をちょろちょろした。腹が立つが、いまはどら焼きの丸い鼻を見ていると気持ちが落ち着いた。

一方その頃、理紅のほうはといえば、もう何事もなかったかのように思案している。

「お礼か……。本当になにも浮かばないけど、どうしようかな」

幼馴染の切り替えの早さに、鈴菜はおそれいった。この引きずらない精神こそが、武芸には必要なものなのかもしれない。

『そんならデートしてもらえば良いのだ！』

どら焼きがすかさず言った。

『吾輩も連れて！』

ああ、そういえば遊びに行きたがってたな……と鈴菜は思い出した。

それにしても、顔の火照りが一向におさまらないのはどういうことか。

（……わたし、弟離れしなきゃいけないのに。弟離れどころか……）

鈴菜はめまいをこらえるように、額を押さえた。

――わたしは……純真で無垢で幼い理紅君をいやらしい目で見はじめている！

そうでもなければ、こうしていつまでも動悸が続いたり、身体に熱がとどまったりするはずがない。

鈴菜は薄々、自分に変質者の気があることを感じ取ってはいたものの、あらためてみずからの心の暗部に気がついてしまうと、耐えきれなくなって両手で顔を覆った。

「鈴姉さん、大丈夫？　もしかして、怖がらせすぎた？」

口数が少なくなった鈴菜を不審に思ったのか、理紅が訊いてきた。

そのあとに「あなたに触れると歯止めがきかなくなって」とか「小動物のように震えるあなたを腕の中に感じていたら、いけない嗜虐心が芽生えてしまったんだ……」などという告解のようなものを彼は口にしていたが、鈴菜はもはや右から左だった。

「理紅君は悪くないの。これはわたしの問題だから……」

鈴菜は理紅の片手を両手で包み込むと、決意を込めたまなざしで彼の目を見つめた。

「わたし、……わたし、邪念を振り払わなきゃ。浅草神社に行く！」

『わーい！　お出かけ決定なのだー！』

そういうことになった。

――去る四月十七日、浅草の象徴、雷門は七年ぶりに新調され、掛け替えられた。

さて、それからふた月ほど経った今日この日、観光客の皆が皆、新しい提灯を見に訪れたわけではないだろうが、仲見世はおおいに賑わっていた。

「平日のまだ明るい時間なのに、仲見世は相変わらずすごい人出だね！」

邸にエプロンを置いて、菖蒲色の矢絣の銘仙に濃紫の帯、若草色の帯締めを締めた鈴菜は、雷門の前に立ち、おのぼりさんのようにきょろきょろと辺りを見回した。

いつだったか新型の疫病が蔓延し、緊急事態宣言が発出された折には、仲見世に軒をつらねる店のシャッターはすべて下ろされ、浅草は睡れる街のように静まりかえってしまった。戦後最悪の経済危機のあおりを受けて、多くの老舗店が長年の歴史に幕を閉じた。あの年は浅草の行事だけでも、三社祭りにほおずき市、植木市に隅田川花火大会と、すべて中止になってしまって鈴菜も気落ちしたものだった。

けれどワクチンが開発された今はもう、すっかりかつての活気を取り戻している。

様々な国籍、年代の男女が楽しげに写真を撮り、買い物や食べ歩きを楽しんでいる姿が見られた。

（あの疫病の年、わたしは浅草のような観光地はインバウンド需要に支えられているんだと強く感じた。これからの課題は内需をどうやって成長、拡大させていくかだ。
いつか喫茶『三日月』を復活させたいなら、そのあたりも勉強しておかないとね）
まじめなことを考えていたのだが、どら焼きには鈴菜がまたぼーっとしているよう
に見えたらしい。『鈴菜、魂が抜けているのだ』と巾着袋の中から声をかけられた。
「鈴姉さん、平気？　人が多くて熱気にあてられたかな。横の道から行こうか？」
「うん、そうだね。どっちから行っても、行き着く先は浅草寺と浅草神社だし」
雷門傍にある交番の右手から続く道は、仲見世ほどではないにしても、隠れた名店
も多いため、やはり大賑わいである。
いちごドラ焼きの専門店、『浅草そらつき』の前を通り過ぎようとしたときであった。
一度は引っ込んだどら焼きが再び巾着袋から顔を出した。
『軒先にいちごがいっぱい並んでいるのだ！　いちごがてんこもりなのだ！』
「さすがどら焼き。浅草そらつきさんはいちごドラ焼きの専門店だよ」
『ドラ焼きもおいしそうなのだが、串に刺さったいちごがおいしそうなのだ……』
よだれを垂らしながら目をきらきらさせたどら焼きの視線を追うと、店先には看板
商品であるいちごドラ焼きのほか、いちご大福、いちごヨーグルト餅、そして大粒の
いちごばかりが団子状に串に刺さった水菓子が、綺麗に盛られて売っていた。
「わー！　いちご串だって。おいしそう！　しかも可愛い！　おいしそう！」

女の子やカップルの人だかりができているいちご尽くしの軒先に、鈴菜は小走りに近寄った。いちご串といっても、種類は様々だ。ルビーのように紅い大粒いちごばかりが五つも六つもつらなったスタンダードな「いちご串」に、うっすらと淡雪をかぶったような白いちごが団子状に並んだ「白いちご串」、そして、紅いいちごと雪白のいちごの二種類が交互に刺さった「紅白いちご串」。

『吾輩、紅白いちご串にするのだ』

「わたしも！　両方食べたいもんね。理紅君は？」

「僕はいいよ。すみません、紅白いちご串をふたついただけますか」

「はい、一六〇〇円頂戴いたします」

自分はいらないと言いながらも当たり前のように財布を出しておごろうとする年下の美少年を、鈴菜は慌てて止めにかかった。

「わー！　いいよ、理紅君！　大事なお小遣い！　そんなんしまっとき！」

おばちゃんのように叫んで、慌てて巾着袋をごそごそしようとしていると、理紅の手にやんわりと制された。

「お小遣いじゃないよ。年末年始と年度末にバイトしたんだ」

理紅はさっさと店員さんにお金を払ってしまう。

「バイト？」

初耳である。

「なんだってまたバイト？　ほしいものでもあるの？」

理紅は紅白いちご串を二本、店員さんから受け取ると、鈴菜とどら焼きに一本ずつ持たせてくれた。『ごちそうさまなのだ！』とどら焼きが遠慮のかけらもなくさっそくいちごにかぶりつく横で、理紅はかすかに頬を染めて言った。

「……こういうときに、鈴姉さんの前で、かっこ悪いところを見せたくないから」

「理紅君……！」

彼の言動はときめくには余りあり、鈴菜の顔はいちごよりも真っ赤になった。

「ばかばか！　理紅君はただそこに存在しているだけでかっこいいのに……！」

いちご串を買ってもらって嬉しいのは鈴菜のほうなのに、彼は嬉しそうに笑う。

「鈴姉さん、いま『可愛い』じゃなくて、『かっこいい』って言ってくれたね」

鈴菜は自分の発言にハッとなって、今度は耳まで紅くなった。

なんだか咽喉が渇いてきたので、鈴菜は大粒のいちごに思いきりかぶりついた。

「わーん、とっても瑞々しくて、甘くて、おいしい！　理紅君、ありがとう！　理紅君も食べてみて」

鈴菜はいちご串を彼に差し出しかけてから、

「あ、いけない。これじゃあうっかり理紅君を刺しちゃうね！」

と、慌てていちごを一粒、指で串から抜いた。それを理紅の口元に持っていく。

「はい、どうぞ」

「……ありがとう」

理紅はすこしためらうようなそぶりを見せたあとで、鈴菜の手からいちごを食べた。

故意ではないのだろうが、指先を彼の唇がかすめる。

鼓動が跳ねた。鈴菜の脳裏に、またしても月の紅かったあの晩の、淫らで背徳的な映像がなまなましく蘇ったのだ。手首の裏に果実の蜜がしたたった冷たさに、それを舐めとった彼の舌の熱……。

鈴菜は自分の頭をポカポカと殴り、煩悩を消滅させた。

（は、早く神社に行かなきゃ。このままじゃわたしの妄想で理紅君を汚してしまう！）

鈴菜はぱくぱくといちごをほおばって、あっというまに完食した。

どら焼きはといえば、鈴菜の巾着袋に入ったままもうとっくの昔にいちご串を食べ終えていて、いつのまにか理紅に買ってもらっていたいちご大福をもふもふと食べていた。いちご大福の粉が自分の巾着袋の中にはらはらと落ちていくのを、鈴菜は渋い気持ちで見つめた。

ともかくも急ぎ浅草神社に参詣し、しっかりと手を合わせた鈴菜は、授与所でふと『願ひ守』なるセットに目をとめた。

セット内容は『天の川プロジェクト』と書かれた絵葉書と小さなリーフレット、それから綺羅星のように輝く糸で模様が縫い取られた巾着袋に薄紅の和紙、梅の花くらいの大きさの蒼白い石がふたつ。

興味を引かれて、ひとつ買ってみた。

その場でざっくりとリーフレットに目を通すと、このように書かれている。

天の川プロジェクトとは――。以下二行、願ひ守のリーフレットより引用する。

〝「夏詣」の期間中に、浅草神社の境内に光る天の川の再現を試みるプロジェクトです。皆様がお受けになられた「願ひ守」の一つ一つで演出されます。〟

うんぬんかんぬん。

夏詣とは、下半期のはじまり――つまり七月上旬頃に神社仏閣に参詣することだ。

浅草の夏といえば、おそらくはほおずき市がもっとも有名だと思われるが、毎月、複数の様々な市が立ったり、お祭りが開催されている。

「へぇー、なんだかロマンチックですねぇ」

鈴菜は巫女さんに言った。

「わたしったらずっと浅草に住んでるのに、天の川プロジェクトなるものがあるなんて知りませんでした」

「ふふ。天の川プロジェクトがおこなわれるようになったのは、五、六年前のことですからね。比較的最近はじまった風習なんです。お連れ様もよろしければ『願ひ守』をお受けになりませんか。お嬢さんと交換なさるとよろしいかもしれません」

「交換……？」

鈴菜と同じくお守りにはあまり明るくないのか、訊き返した理紅を巾着から伸びたどら焼きがつついた。

『つべこべ言わず、お守りはなんでも持っとくといいのだ。ついでに今戸神社の丸くて可愛い招き猫のお守りもあとで拝受するのだぞ』

さすが自称今戸神社の招き猫、浅草神社の境内でも、ちゃっかり自社のＰＲをするのを忘れなかった。どら焼きはともかく、巫女さんに商売っ気があるとも思われなかったので、理紅は所定のお金を納めて『願ひ守』を受け取った。

ランドセルの色が赤いのが女の子で、黒いのが男の子、という時代ではもはやないが、鈴菜はろくに色柄を見ずに拝受した自分のお守りの巾着袋の色が薄水青で、理紅のほうが桜色というのはなんだかちぐはぐな感じがした。

これはどのみち、あとで交換することになりそうだ。

どら焼きはいちご串と神社参詣では飽き足らない様子だったので、一行はその後、浅草西参道商店街へと足を伸ばした。

目指した先は、金魚雑貨と金魚すくいの専門店、『浅草きんぎょ』。

ここではお店の休業日を除いて一年じゅう金魚すくいを楽しむことができるほか、金魚柄のがま口に手ぬぐい、金魚風鈴、金魚モチーフのアクセサリー等々、金魚好きにはたまらない雑貨が取り揃えられているお店だ。

なお、浅草きんぎょを運営する花月堂といえば、浅草のかの有名な巨大メロンパンでもおなじみであろう。緋色の和傘が飾られ、金魚提灯がいくつも吊るされた店の軒をくぐれば、そこはもう紅白朱金の金魚たちに彩られた金魚御殿である。

『吾輩、金魚すくいをするのだ！　今夜の晩御飯なのだ！』

総ヒノキ造りの水槽で悠々と泳ぐ和金や黒出目金を前にして、どら焼きは目を光らせて叫んだ。店内は賑わっていて、どら焼きが騒いだところでこちらを見る人はいない。また浅草ではあやかしがそこらをうろうろしているせいか、店員さんもどら焼きを見ても驚いた様子はなく、小さなもこもこの前脚にポイを渡してやっていた。

スカッ。

スカッ。

ポイは一回につき二枚もらえるが、どら焼きのポイは両方ともふにゃふにゃになって破れた。

『……ぴえーん』

「残念でしたー。さ、もう出るよ、どら焼き」

鈴菜はどら焼きを巾着袋に戻そうとしたが、水槽にへばりついて離れようとしない。

「じゃあどら焼き、僕がとってあげるから、それで我慢して」

理紅が水槽の前に屈み、どら焼きの頭をぽふぽふと叩くと、どら焼きはこくん、とうなずいて、おとなしく巾着袋の中に収まった。

「理紅君、わたし、金魚なんかさばくのやだよぅ！」

店員さんからポイを受け取った理紅に鈴菜が念のため言うと、理紅は小声で、

「持ち帰れないコースにしたから大丈夫」

と囁いた。理紅から二枚のポイのうち一枚をもらいながら、鈴菜はきゅんとした。

（いつのまにか大人びちゃった理紅君。でも可愛い。しゅき……）

鈴菜は心ここにあらずの状態で金魚すくいをしてしまったせいか、知らないうちにポイに巨大な穴があいていた。

『なにやってるのだ。鈴菜のにぶちん！』

自分がにぶちんなことは棚に上げてぶーぶー言うどら焼きを無視して理紅のほうを

見ると、彼は表情も変えずに次々と金魚をすくい、ヒノキの器に移していた。

理紅のポイだけ超合金かなにかでできているのではないかと鈴菜は目を見ひらいたがもちろんそんなことはなく、普通のポイだった。礼節を重んじ、精神修養に励んでいると、金魚すくいの達人にもなるのかもしれない。

いつのまにやらほかのお客さんたちまで理紅の金魚すくいさばきに注目している。

彼が和金ばかりを二十四あまりすくったところでとうとうポイが破れると、そこかしこで「あぁーっ」「残念」「すごい！」という声とともにパチパチと拍手が湧き起こった。彼が大量の金魚をすべて水槽に放ってやったことに対しても、さらに賞賛の声が上がった。どら焼きは文句を言うかと思いきや、理紅の技に圧倒されてもうわけがわからなくなったらしく、みんなと一緒になって拍手をしていた。

朝顔へのおみやげに、金魚袋風の巾着に金魚の金太郎飴がいくつか入ったお菓子を買い、二人と一匹はお店をあとにした。

適当に浅草を練り歩いているうちに、オレンジ通りへ出た。

オレンテくんのおうちには今日もオレンテくんが詰め込まれていたが、日中に見るオレンテくんには不気味な気配など微塵もなく、舌を出してあらぬかたを見ているだけの普通の着ぐるみであった。

オレンジ通りの途中で、白地に紅白の矢絣の模様と、仲睦まじく歩く女学生の絵が描かれたのれんが風に揺れていた。

浅草発の和風コスメ専門店、『よろし化粧堂』である。

そういえば大学の友人がここに来たいと言っていたな、と鈴菜は思い出した。

『よろし化粧堂』の目玉商品といえば、小さな缶に誕生日花の絵が描かれた……つまり三六五柄もあるハンドクリーム――『365ハンドクリーム』であろう。

推しの誕生日花のハンドクリームがほしいそうだ。

このお店ではほかに、お守り風の袋に矢絣の模様が入った可愛らしい香り袋や和風の香りの入浴剤、スキンケア用品が販売されている。

女子向けのお店なので、ここへは今度、朝顔を連れて来よう、と密かに思いつつ、鈴菜は店を通り過ぎた。

伝法院通りに店を構える『びーどろ』も然り。

『びーどろ』には小さなガラス細工やガラスのアクセサリー、本物の飴玉や金平糖を閉じ籠めたストラップなどなど、可愛い雑貨が所狭しと並ぶ、女子必見の浅草ときめき胸きゅんスポットだ。ここも朝顔とのデートプランに組み込んで、今日のところは我慢した。

浅草寺の大通り沿いをてくてくと歩いていると、

『吾輩、歩き疲れたのだ。ちょっと甘いものでも食べたいのだ』

歩くもなにも、ずっと巾着袋の中に収まっていたどら焼きが、不思議なことをのたまった。それは店先の蒼い竹林が目を惹く甘味処にさしかかったときだった。

癖で「だーめ」と言いかけた鈴菜であったが、ショーケース越しに甘味のサンプルを見ているうちに身体が思い出したように糖分を欲してきて、その場から動けなくなってしまう。

「鈴姉さん、せっかくだから、入らない？」

そう言ったのは理紅だった。

「いやでも、あんまりどら焼きを甘やかすのはよくないよ」

そう返しつつもあんみつのサンプルから目が離せない鈴菜に、理紅は柔らかなまなざしを向ける。

「どら焼きじゃなくて……僕が少しでも長く、鈴姉さんとデートしていたいんだ」

鈴菜は頬にぱっと朱を散らした。

（そうだ、デート。どら焼きがちょこちょこ出てきたせいで全然そんな甘い雰囲気にならなかったけれど、そもそもはデートしようってことで出てきたんだった）

そう思ったら、にわかに照れてきてしまう。

「り、理紅君がそう言うなら、いいよ」

『理紅、そなたの今日の働きぶり、褒めてしんぜよう』

食べ物のことしか考えていないどら焼きが、巾着袋の中から偉そうに理紅を褒めた。

鈴菜は白玉あんみつ、理紅は抹茶、どら焼きは氷いちごを注文した。

頼んだものがそれぞれの目の前に提供されると、鈴菜は瞳をきらきらさせる。

アイスクリームのように丸く象（かたど）られた滑らかなこしあんに、ふわふわもちもちの白玉、よく磨かれた水晶のように透き通った寒天に、香ばしい黒豆、甘いみかんにパイナップル、さくらんぼ……。甘美な宝石箱に付属の黒蜜を大胆にも全部かければ、器の中に極楽浄土ができあがる。

鈴菜はまず、餡子をひとくち。甘すぎない上品な餡が、口の中で溶けてゆく。

「おいしい～……」

『どれどれ。美味なのだ～……』

どら焼きに横から餡子をかすめとられたことにも気づかずにうっとりしていると、

「治るものか！」

突然、店内に老人の怒声が響き渡った。

鈴菜とどら焼きは食べる手を止め、理紅も思わずといった様子でそちらを見た。

ほかのお客さんたちも一斉に視線を向けたその先には、ふたり掛けの席に向かいあって座る男女の姿があった。もう食事は終えたのか、彼らの前には湯呑みしかない。

男性のほうは恰幅はよいものの七十はとうに過ぎているであろう白髪(はくはつ)の老人だが、鈴菜たちの席からでは背中しか見えない、着物姿の女性の髪は黒々としており、まだだいぶ若いように思われた。

「余命いくばくもないと、医者がそうはっきりと告げたんだぞ！」

しんと静まりかえった店内で、怒気の滲んだ老人の声だけが唯一の音だった。

「あなた、それでもどうか、お気持ちを強く持って……」

かすかに震える声で、正面に座る女性が返した。

「黙れ！」

老人は叫ぶ。女性の細い肩がびくりと震えたのが、離れた位置からでも見えた。わななく声で、畳みかけるように老人は告げる。

「いつまでも若く美しいお前は、どうせ俺が早く死ねばいいと思っているんだろう。俺が死んだあとは遺産を受け取って、そのあとは若い男と再婚でもなんでもすればいい。お前なんか……、お前など大嫌いだ！」

老人はぐしゃりと握り潰すように伝票を持って立ち上がると、辟易する店員さんのところで会計を済ませ、女性をひとり残して店を出ていってしまった。

うつむいた女性がすんと洟をすすり、小刻みに肩を震わせている。これで笑っていたらホラーだが、ときおり嗚咽が聞こえてくるので泣いているのは明らかだった。

(う、うわー……。ドラマのような修羅場だ……)

つかのま店全体に気まずい沈黙が下りたが、みなすぐに食事やお喋りを再開する。

鈴菜は酸味の爽やかなみかんを食べて気持ちを切り替えると、理紅とどら焼きに、にこやかに話を振った。

「きょ、今日は行けなかったけど……、次はみんなで花やしきに行こうね！」

『《桜の怨霊》はいやなのだ』

「まーだ言ってる。確かに花やしきにはやたらお化け屋敷が多いけど、ほかにも色々あるんだよ？　冬になったらライトアップもするらしいし。行ったことないけど」

『らいとあっぷ？』

きょとんとしたどら焼きに、理紅が優しく説明する。

「電飾がたくさん灯って、園内がきらきら輝くんだよ。きっと綺麗なんだろうな」

鈴菜はぴくりと反応した。

「理紅君、興味ある!?　じゃあ行こう！　ぜひに！」

などと脊髄反射のように言ったあとで、「だめだだめだ！」と頭を抱えた。

「ど、どうしたの、鈴姉さん。また急に取り乱して……」

『理紅、もう無視するのだ。鈴菜はしょっちゅうとり乱しているのだ』

どら焼きは鈴菜が見ていないうちに彼女のあんみつからさくらんぼをかすめとってから、呆れたように理紅にアドバイスした。

しかし理紅はどこまでも優しかった。

「どうしてだめだなんて思うの？　冬の花やしき、一緒に行こう？」

「……理紅君、彼女いないの？」

鈴菜はぼそぼそと訊いた。

鈴菜は彼の恋愛事情についてあまりにもなにも知らなさすぎた。

彼が同級生からも先輩からも後輩からも——時には男の子からも定期的に告白されていることは知っているが、交際の申し込みをことごとく断っているという話しか、高校時代の後輩からは伝わってこない。

「彼女がいたら、彼女と一緒に行かないとだめなの。イルミネーションみたいのは」

「いないよ。彼女なんて……」

彼は感情の読みとりにくい表情で、音にならない笑いを零した。

「……でも、恋人どうしじゃないとイルミネーションを一緒に見に行っちゃいけないと鈴姉さんが思うなら、それまでに振り向かせればいいだけだから」

理紅はそう言うと、鈴菜を見て静かに微笑んだ。

（理紅君……）

彼の目が熱っぽく潤んでいる。そのはしばみ色の瞳に映るのは鈴菜の姿だけだ。まっすぐな視線が如実に訴えているようだった。自分が好きなのは鈴菜だと――。

（ああ、理紅君……！　理紅君は、まだ家族愛と恋愛を混同している……！）

鈴菜はぎゅっと目を瞑っていったん彼の姿を締め出してから、ふたたび真円の瞳をあけて、彼を見つめ返した。

「だったら理紅君、まずは姉離れしなきゃね」

「姉離れ？　あなたを姉のように慕うなということ？」

「そうだよ」

「……じゃあ……」

少しだけ思案してから、理紅はとても良いことを思いついたように口にした。

「俺、これからはあなたのことを鈴って呼んでもいい？」

鈴菜はほんの一瞬、沈黙した。

良い……のだと思う。姉離れするには、まず姉さん呼びをやめるべきだ。

微妙に自信がなかったが、鈴菜はぎこちなく笑ってうなずいた。

「……ど、どうぞ？」

「……ねぇ、鈴」

さっそく『鈴』と来た！

「な、なあに？」

鈴菜はなるべく自然に受け答えをしたが、どうしてか、頬が熱くなるのを感じる。

（な、名前呼び、恥ずかしい……！　どうしてこんなに顔が火照るの……!?）

鈴菜は動揺しているのを悟られまいとした。

あんみつを食べるのを再開しようと器に視線を戻してみると、まだひと口かふた口しか食べていないはずなのに、どういうわけだかもう寒天しか残っていない。

ちらと隣を見ると、さくらんぼの載っていない氷いちごを頼んだはずのどら焼きの空のガラス皿のすみっこに、さくらんぼの種だけが残っていた。

どら焼きはというと、すでに理紅の膝の上に避難している。

理紅は長い睫毛を伏せてどら焼きの頭を撫でてやりながら、うっすらと微笑んだ。

「鈴のほうこそ、早く弟離れしなきゃね。まだ俺のことを弟だと思っているなら」

鈴菜は漬物石で頭を殴られたような衝撃を受けた。背中を冷や汗が伝う。

ばれている。……絶対にばれている！

（わたしが最近、理紅君のことをときどきいやらしい目で見ていることを――！）

しかし、落ち着かなければならない。理紅がいかに大人びていようとも、自分よりもふたつも歳下の高校生だ。大学生の自分が翻弄されるなんて、あってはならない。

鈴菜は引きつった頬で、無理やり笑みを作った。

「そそそそうだね、弟離れできるように努力するよ」

笑っては見たものの、声は平静を装えず、思いっきり裏返ってしまった。

こんなときは、話題を無理やり転じるに限る。

「と、ところで、今日の晩ごはんはどうする?」

『吾輩はお魚がいいのだ』

人のあんみつをほとんど食べておきながら、どら焼きが平和な顔をして言った。

けれど、今日のところは許してあげることにする。

どら焼きはさきほど、金魚すくいに大失敗してちょっと落ち込んでいたからだ。

「じゃあシーフードグラタンでもやろうか。冷凍庫にいただきもののシーフードミックスがあるし……。あとは午前中にスーパーに行ったらカンパチが安かったから買っておいたの。それでカルパッチョでも作って、お魚づくしなんていいかもね」

『サラダにはちりめんじゃこも入れるのだ』

「あ、それいいね。山椒も入れたらおいしそう……」

そんな話をしていると、

『あら。あなた、鈴菜さんじゃありませんか。喫茶三日月にいらっしゃった……』

唐突に声をかけられた。

帰り支度を済ませ、鈴菜たちの席を通り過ぎようとしていた着物姿の女性が驚いたようにこちらを見ていた。やはりしばらく泣いていたのか、瞼が赤く腫れている。目鼻立ちの整った、色白の小さな顔。かすかに少女のようなあどけなさが残る黒々とした瞳。どこかで見たような美女だ——と考えていたら、急に思い出した。

歳のだいぶ離れたご主人と、ときおり喫茶『三日月』に来てくれていた人だ。

「あっ⁉　伊佐那さんじゃないですか！　ごぶさたしております……！　ああ、そっか、よく考えたらさっきのあの男の人、観音裏のお大臣だ……！」

製薬会社の元経営者で、立派な豪邸に住む九条さん。

そして彼に恫喝されていた美人が、いまそこにいる伊佐那という女性だ。

彼女は二十四、五歳くらいの儚げな美女で、一見すると普通の人間の女性なのだが、ご主人の九条氏が絹子さんと鈴菜にだけ、こっそりと打ち明けてくれたことがあった。伊佐那は実は人間ではなく、人魚姫なのだと——。

その九条氏といえば、あんな風に感情的になる人ではなく、穏やかな老紳士だったと思うのだが……。

（どうしよう、大変な修羅場を見てしまったあとで、どんな風に声をかけたらいいんだろう……）

鈴菜が慎重に言葉を選んでいると、どら焼きが理紅の膝の上からすっとぼけた顔で伊佐那に訊いた。

『さっきはどえらい修羅場を繰り広げていたが、どうしたのだ？』

ど直球である。この無神経さに、鈴菜は恐れ入った。

けれども伊佐那は穏やかな女性である。気分を害した様子など少しもなく、丁寧にどら焼きの問いに答えていた。

『いえ、少しだけ、気持ちにすれ違いができてしまって……』

極めつけられたことを思い出したのか、蒼みがかった彼女の瞳から、真珠のような涙が零れ落ちる。

それを着物の下の赤い襦袢の袖先で慌てて拭ってから、伊佐那は訊ねてきた。

『それより、今夜はお魚ですか』

「え、ええ……」

なぜ急に今晩のおかずの話になるのかわからず、鈴菜は困惑ぎみにうなずいた。

『鈴菜さん、お魚もさばけるのね。お若いのに、さすがね』

「うまくはないですけど、お料理は絹子さんにみっちり仕込まれたので、ひと通りは」

『それじゃ、あの、……折いってお願いしたいことがあるんです……』

「お願いしたいこと……ですか？　それはもちろん、わたしにできることでしたら」

鈴菜はそこはかとなく不穏な気配を感じつつも、喫茶『三日月』の頃の大切な常連客に、愛想良く微笑んで応じた。

『わたしはご存じの通り、人魚です。塩水に浸かると下半身が魚になるわけですが』

伊佐那は思いつめたような顔をして、けれどきっぱりとした口調で言った。

『どうかわたしをかっさばいて、主人に食べさせてやってくれませんか……！』

思いのほかスプラッタなお願いごとに、鈴菜は顎が外れそうになる。

そんなときに頼りになるのはやはり理紅であった。

石化した鈴菜とどら焼きの代わりに、落ち着いた声で伊佐那に訊ねる。

「それはいったい……どのようなご事情で？」

『……あなたは？』

「申し遅れました。僕は水守理紅と申します。鈴菜さんとは小学生の頃からの幼馴染で……彼女にはいま、家政婦としてうちで働いてもらっているんです」

『ああ、そうでしたか……。鈴菜さんと近しいかたには、お話しできるわ』

伊佐那がほっとため息をつくと、理紅は手を上げて店員さんを呼び、空いていた隣のテーブルを繋げていただけないかとお願いした。そのついでのように、彼女のために抹茶を注文する。

本当によく気がつく子だなと鈴菜はしみじみと思った。

席がくっつき、抹茶が運ばれてきたところで、伊佐那はぽつり、ぽつりと事情を話しはじめた。

九条氏と伊佐那は、九条氏が貧しい医学生だった頃に出会い、学生結婚した夫婦である。

ふたりが結婚したとき、彼らの外見は同い歳くらい――二十代半ばであった。

しかし結婚から三十年、四十年と経ち、年相応に老いてゆく九条氏とは対照的に、伊佐那のほうはいつまでも若々しく、時がとまった花嫁人形のように美しかった。

その理由はもちろん、彼女が人間ではなく、あやかしだからである。

――そこまでは鈴菜も知っていた。

さて、ふたりは近所でも評判の鴛鴦(おしどり)夫婦であったが、先頃、九条氏が病に倒れた。

医師が彼に下した診断は、膵臓がんのステージ四。

余命いくばくもないと告げられた九条氏は悲しみに暮れ、絶望し、死に怯えた。

そうしてしだいに気持ちがすさみ、伊佐那にまでつらくあたるようになったのだという。

今日は天気が良いからと伊佐那は久しぶりに九条氏を外に連れ出した。

外の空気を吸い、浅草寺界隈の活気に触れれば、彼の気持ちも幾分かは晴れるのではないだろうかという彼女なりの配慮であった。

ところが途中から九条氏の機嫌の雲行きが怪しくなり、そしてさきほどの修羅場に至ったのだという。

——いつまでも若く美しいお前は、どうせ俺が早く死ねばいいと思っているんだろう。俺が死んだあとは遺産を受け取って、そのあとは若い男と再婚でもなんでもすればいい。お前なんか……、お前など大嫌いだ！

九条氏に投げられた言葉を思い出したのか、伊佐那はまた声もなくすすり泣いてしまう。そのさまを気の毒に思ったのか、どら焼きが伊佐那の頭によじのぼっていって、もこもこの肉球で涙を拭いてやっていた。

『ありがとう、優しい猫さんね。あなたは、ええと……？』

『吾輩はどら焼きである。自称今戸神社の招き猫である』

『ああ、縁結びの、今戸さん。それじゃ、あなたにお願いすれば、わたしは夫の愛を取り戻せるのかしら……』

『あんな暴言を吐かれてもまだ好きなのか？　別れたほうがいいのだ！』

自称とはいえ、縁結びの神社の招き猫がとんでもないことを言う。

そんなどら焼きに、伊佐那は力なく微笑んでみせた。

『わたしがあの人を想う気持ちに変わりはありません。人は病を恐れると、気持ちにも影がさすもの。いつか緊急事態宣言が発出されるほどの疫病が流行ったときもそうだったでしょう。未知の病に感染した人たちがいわれなき差別を受け、暴力を受けた。わたしはコレラやスペイン風邪が流行った時代も見てきたけれど、いつの時代も疫病とは、まず罹患者を苦しめ、健康な人の心をも蝕む……そういうものなんです』

伊佐那は妻としてとても大切に扱われてきたのだろう。

傷ひとつない白い手で器を包みこむと、抹茶を少しだけ口に含み、飲みくだした。

ほっとため息をついてから、彼女はゆっくりと続けた。

『さて、本題の、わたしをかっさばいてお魚料理にしていただきたい件についてですが……。わたしはなにも、自棄(やけ)を起こしたのではありません。

……昔、遥か昔ですけれど、掃除中に夫の書斎で、たまたま秘薬に関する古い書物を見つけ、なにとはなしにひらいてみたことがありました。

その文献によれば、人魚の肉を食べると不老不死になるとか、万病が治るのだとかいう伝承があるとのことでした。……いえね、わたしも長く生きているものですから、噂には聞いたことがあったのです。けれどそれを夫の書斎で見つけたときは驚きました。……妻として恥ずべきことですが、夫はわたしの肉を用いて新薬を生み出すつもりでわたしを娶(めと)ったのではないかと、疑いさえしたのです。

けれど、それは大きな誤りでした。

のちにわかったことですが、夫は確かにはじめこそわたしが人魚だからという理由でわたしを妻にしたのだと告白しましたが、それはある種のカルト集団からわたしを守り、保護するためだったのだといいます。

そう、夫は情けでわたしを娶ってくれたのです。心の優しい人でしたから。

けれど、一緒に暮らすうちにわたしたちの間には確かな愛が芽生えました。子には恵まれませんでしたが、夫はいつもわたしの身体を、心ごと優しく抱いてくれました。人間の心……とりわけ、愛という感情を知らなかったわたしに、温かな愛情を注いでくれたのが夫だったのです。わたしは今こそ妻として、夫の支えになりたい……』

伊佐那は海の底のように深い瞳で、じっと鈴菜を見つめた。

『ですから鈴菜さん、試しに夫にわたしの肉を食べさせてやってください。わたしはあの人を本当に愛しているのです。自分の命に替えてもあの人を助けたいんです』

「で、でも……」

必死に訴えかけられても、鈴菜は蒼くなっておろおろすることしかできなかった。いくら塩水につけたら下半身が魚になるからと言って、かっさばけるわけがない。金魚だってさばきたくないくらいなのだ。マグロの解体ショーとはわけが違う。

鈴菜は助けを求めるように理紅を見た。理紅はほんの一瞬、鈴菜と目を合わせると、またすぐに涙を零す伊佐那に視線を戻した。

彼はなにか考えているようだった。

たっぷり二十秒は経ってから、理紅はようやく口をひらいた。

「わかりました。では、今からうちにいらしてください」

理紅は伝票を持って立ち上がった。

「あなたは運がよろしかったですね。ちょうど今夜からわが家ではあやかし料理店をひらくところだったんです。今戸神社と浅草高校の近くで、ここから少し歩きますが……」

鈴菜とどら焼きは雷に打たれたような顔をして理紅を見上げた。

彼はなにか、とんでもない勘違いをしてやいないだろうか。

あやかし料理店は、あやかしにおいしい料理をふるまう店である。

あやかしをおいしく調理する店ではない！

午後七時。

水守邸の離れ――薔薇に囲まれた洋館には、魚料理がずらりと並んでいた。

シーフードグラタン、カンパチのカルパッチョ、ちりめんじゃこのサラダ。

魚のムニエルに、ブイヤベース風の魚のトマト煮、魚のチーズ巻きフライ、そして、同じ種類の魚ばかり使った手まり寿司……。

帰宅してから延々と魚料理を作り続けていた鈴菜は、アーチ型の窓に寄りかかり、ぐったりしていた。料理を手伝っていたどら焼きも、窓辺で伸びている。

理紅は反対側の壁の暖炉の傍に立ち、来たるべきときを黙って待っていた。

やがて彼のジャケットのポケットの中からスマートフォンの着信音がした。

「……来た」

理紅は自分のものではないスマートフォン――伊佐那の私物であった――の電話に応対した。

「……もしもし。水守です」

『水守？　誰だ、お前は！　なぜ伊佐那の電話にお前が出るんだ！』

離れがあまりにも静かなので、電話越しの九条氏の声は、離れたところにいる鈴菜の耳にまで届いた。

「なにを取り乱していらっしゃるのですか？」

理紅が瞳を細めて鼻で笑う。その邪悪な表情は、完全に悪人のそれであった。

「若い男と再婚でもなんでもすればいい。お前なんか大嫌いだと奥様におっしゃったのは、あなたではありませんか。俺は深く傷ついた奥様を自宅にお連れして、慰めてさしあげていただけです」

『な、なんだと⁉　伊佐那はどこだ！　伊佐那に代わるんだ！』

「それは無理です」

『なに……？』

「奥様にお会いになりたければ、会わせてさしあげます。いまから申し上げる住所にいらしてください。台東区今戸一丁目——」

『台東区今戸一丁目……』

九条氏が住所を反芻し終えると、理紅は言った。

「表札に『水守』とあります。門は解錠してありますから、ご自由にお入りになってください。母屋の裏手に回っていただいて、薔薇の隧道(ずいどう)を抜けると離れがあります。そこですばらしい魚料理をご用意してお待ちしております……」

『魚料理だと……？　待っ——』

九条氏は必死になにかを言いかけたが、理紅はそこで電話を切ってしまった。

「こんなことして、本当に良かったのかな……」

鈴菜が疲れきったように言うと、理紅が歩み寄ってきて、壁にもたれかかる鈴菜の頬に触れた。

「鈴」

今夜は曇り空で、月が紅いのか、そうでないのかわからない。

けれど理紅の瞳は薄暗い照明のせいか、それとも月の瘴気にあてられているのか、暗赤色に染まっているように見えた。

鈴菜の頬を優しく撫でて、彼は囁く。

「あなたはなにも気に病むことはない。あやかしを殺しても法には触れない……」

不安を包み込むように、柔らかく抱擁される。

「そうね。理紅……」

鈴菜は虚ろな目をして彼に身体を預けた。

薄暗い洋館でしばらく抱き合っていると、バン！　と勢いよく扉があいた。

「な、なんなんだ、お前たちは……」

息せき切って現れたのは、九条氏である。

歳のわりには足腰が丈夫なのか、杖もつかずにつかつかとこちらに歩み寄ってくると、理紅の肩を強く掴んだ。

「電話に出たのはお前だな。他に女がいるのに伊佐那をたぶらかしたのか！　言え、伊佐那はどこだ！」

理紅はわずらわしそうに九条氏の手を振り払うと、鈴菜の腰を抱いたまま、「そこに」と言ってテーブルの上を示した。

九条氏はテーブルの上に並んだ得体の知れない魚料理にざっと視線を走らせたきり、絶句する。

「伊佐那さんはずいぶんと献身的な奥様でしたね。人魚の肉が万病に効く秘薬になるから、自分をさばいて愛する夫に食べさせてやってほしいと、鈴に――俺の可愛い妻にすがってきたんです。料理の得意な鈴は、伊佐那さんの願いを叶えてやりました」

「う、嘘だ。嘘だろう。普通の女が、そんな尋常ではないことをするものか……」

九条氏の視線が鈴菜の姿を鋭くとらえる。

鈴菜はあわあわしかけたが、事前の打ち合わせの通りに芝居に徹した。

「するよ。だってわたしも伊佐那さんと同じなの……。愛する夫の望みなら、なんでも叶えてあげたくなる。それがどんなにおぞましいことであってもね……」

鈴菜は甘えるように理紅の胸に頬をすり寄せる。

理紅はそんな鈴菜の髪を撫でながら、九条氏に微笑みかけた。

「さあ、どうぞ残さずに召し上がってください。……どうしました？　そんなに震えて。いまさらながら奥様を突き離されたことを後悔なさっているんですか？　ですが、あなたが悲しむのは伊佐那さんの本望ではない。あなたの血肉となり、あなたを生き永らえさせることが彼女の最期の願いだったのです。あなたも、もっと生きたいのでしょう？」

「違う……」

「愛する妻への愛を失うほどに、ご自身の病が恐ろしいのでしょう？」

「違う！」

九条氏はその場にくずおれた。

深い皺の刻まれたその眦から、透明の涙が溢れて流れ出す。

「違う、違う、違う！　……秘薬など要らない。自分の命さえ要らない！　私は……」

九条氏は声を詰まらせ、あとは絞り出すように掠れた声で言った。

「私には妻より大事なものなどなかった……」

彼はよろめくように立ち上がると、テーブルの上に並べられた料理から目を背けるように両手で顔を覆う。

「悪い夢だ……、夢だと言ってくれ！　すまなかった、伊佐那、伊佐那……お前だけを心から愛していたんだ。お前には私のことなど忘れて幸せに生きてほしかった。……だからわざと嫌われるようにふるまってきたのに——」

九条氏はふいに言葉を切った。

それから虚脱したように顔から手を離すと、カトラリーの白銀のナイフをとった。

「伊佐那……私もすぐにお前のもとへ行く……」

彼がその手を振り上げ、自分の咽喉もとに突き刺すよりも早く理紅が動き、九条氏の手からナイフを奪いとった。しかしわずかに遅れてしまったのか、九条氏の首には小さなかすり傷がつき、紅い鮮血が滲み出ている。

「た、大変！」

鈴菜は九条氏に駆け寄ると、エプロンのポケットから絆創膏を取り出して傷口に貼った。

『もう出てきてもいいのだ』

どら焼きが長いこと使用されていないという暖炉に向かって呼びかけると、ずっとそこに隠れていた伊佐那が、ひどく申し訳なさそうな顔をして這い出してきた。

口をあんぐりとあけ、幽霊でも見るような顔で彼女を凝視する九条氏に、伊佐那は本当に申し訳なさそうに謝罪する。

『ごめんなさい、あなた。恥ずかしながら、あなたの妻はまだ生きております……』

「ど、ど、どうなっているんだ……？」

九条氏は得体の知れない魚料理と伊佐那を見比べていて、まだ状況が理解できていない様子だった。

「あのぅ……」

鈴菜はおずおずと言った。

「そこに並んでおりますのは、冷凍のシーフードミックスを使ったシーフードグラタンに、本日の特売品でしたカンパチのカルパッチョ、ちりめんじゃこのサラダとなります。ほかはすべてこの茶番劇のために、伊佐那さんがスーパーで買ってくださったお魚を用いたお料理です。舌ビラメのムニエルに、ブイヤベース風のスズキのトマト煮、タラのチーズ巻きフライ、そして、フグの手まり寿司。腕によりをかけて作りました……」

九条氏が鬼のような形相で鈴菜を睨みつけている。

ヒエッ！

理紅は身をちぢこまらせた鈴菜を背に庇い、九条氏に説明した。

「鈴は関係ありません。この悪だくみを考えたのはすべて僕です」

そんな理紅を、伊佐那がさらに擁護した。

『いいえ！　水守さんも鈴菜さんも悪くないのです！　わたしが鈴菜さんにわたしをかっさばいてくださいとお願いしたのは事実です。ですが、鈴菜さんは金魚をさばくのにも抵抗がおありだという尋常なかた。水守さんにももちろん反対されました。それでもわたしがしつこくお願いしたものですから、お優しいおふたりは、一芝居打つことにしてくださったのです。すべては、わたしがあなたに愛されていることを証明してくださるために……！』

「馬鹿者！」

九条氏は叫ぶと、ずんずんと伊佐那のほうに歩み寄ってきた。

顔つきは鬼瓦のようで、ものすごい剣幕であったが、触れるほど近くまで来ると妻をきつく抱擁した。

「本当にお前は馬鹿だ！　……馬鹿！」

『馬鹿馬鹿言うだけじゃ、またすれ違いが生じるのだ、馬鹿！　自分の気持ちに素直になるのだ！』

どら焼きが、鈴菜の後ろに隠れながら九条氏を叱咤した。

ちびっこに生意気なことを言われて九条氏は激昂するかと思いきや——しなかった。

一転して、壊れ物でも扱うかのように伊佐那を胸に抱くと、

「傷つけてすまなかった。……愛している」

と、聞いているこちらが恥ずかしくなるくらいストレートに彼女に思いをぶつけた。

「私はもう長くはない。それでも……最期のそのときまで、傍にいてくれるだろうか」

『ええ、あなた』

伊佐那は九条氏に抱かれながら、宝石のような涙を零した。

『たとえあなたが死んでしまっても、あなたがまた生まれ変わり、わたしを見つけてくださるまで、ずっとずっと、お待ちしております……』

抱きあったふたりはじっと見つめ合うと、その場に未成年者しかいないにもかかわらず——深く優しい口づけを長いこと交わしたのであった。

鈴菜が頑張って作った数々の魚料理は、九条氏は「とても食う気にはなれん！」と

言って手をつけず、伊佐那も「ちょっぴり共食いになってしまいますから……」と申し訳なさそうに辞退して、結局、いつもの水守家の面々でおいしくいただいたのであった。

とりわけお魚大好きな朝顔とどら焼きがいつもよりたくさん食べてくれたので、量があったわりには綺麗に片付いた。

――さてその後、朝顔が今戸神社のナミさんから聞いた話によると、九条氏はセカンドオピニオンにおいて膵臓がんでもなんでもないことが判明したらしい。

医師の話によれば、あと三十年は元気に生きるだろうとの見立てだそうだ。

幾久しく共に歩むことを新たに決意した歳の差夫婦は、これからも浅草で、仲良く暮らしていくのだろう。

『ふぅ、生き返ったぜ！　手土産までもらっちまってありがとな！　ごっそーさん！』

水守家の離れであやかし料理店をはじめてから早二週間。

クチコミで――というかクロガネが積極的に広めてくれているのだが、二日に一体のあやかしをもてなすほどには、ここの存在が知られるようになった。

ブーンと音を立てて夜空に消えていったのは、爆弾おにぎりに三本脚が生えたような姿形をした、丸い八咫烏であった。名を黒護摩といって、普段は東京の武蔵野市にある忌部あやかし診療所を手伝っているそうだ。

東京二十三区のあやかしの患者は基本的に百鬼あやかし診療所の院長が診るようだが、二十三区のほうが圧倒的に人口が多いために、ときおり多摩から応援としてやってくるのだという。黒護摩は墨田区在住の患者のもとまで薬を届けに来たのはよいが、蒸し暑さにやられて途中でばててしまい、ここを頼ってきてくれたらしい。

黒護摩なだけに、胡麻団子と冷たいジャスミン茶をふるまい、お土産として手作りの桃饅頭も持たせたところ、大変満足してお帰りいただけた。


黒護摩の姿が見えなくなってしまうと、夜の庭園には鈴菜と理紅だけが残される。

「……ねぇ、理紅君」

「なに、鈴」

鈴菜はなんだか熱くなった。鼻をぴーぴー鳴らしながら眠りこけているどら焼きを抱いているからではない。まだ彼に鈴と呼ばれることに慣れないのだ。

けれど平気なふりをして、話を切り出す。

「夏越の大祓が終わったね。ということは、次はいよいよ夏詣なわけで……」

「それから、天の川プロジェクト？」

「う、うん……」

鈴菜は小声で返事をした。

……もう二週間も前のことだが、彼は憶えているだろうか。浅草神社の『願ひ守』を交換しようという話を。

「あのね、これ……」

鈴菜はエプロンのポケットから、蓄光石のひとつを入れた水色の小さな巾着を取り出した。それを認めると、理紅はどこか嬉しそうに目を細めた。

「……奇遇だね」

そう言って、彼もまた制服のポケットから、石を収めた桜色の袋を抜き取る。

「俺も交換するなら、夏越の大祓の夜だと思ってたんだ」

「こ、交換してもいいの？　わたしと……」

鈴菜はおずおずと訊ねる。

「もちろん。はじめから、そのつもりだったじゃないか」

「そうだけど……。リーフレット、ちゃんと読んだ？」

鈴菜は『願ひ守』を買ったとき、ざっとリーフレットに目を通しただけだったが、あとから熟読してみると、このお守りは夫婦や恋人どうしで交換するもののようだった。自分や家族にあげても良いのだが、交換は、あくまで想いが通じ合った恋人たち限定の儀式だそうだ。

「読んだと言ったら、鈴は交換の約束を取り消すの？」

「と、取り消さないよ！　女に二言はないんだから！」

だいたい質問に質問で返さないで、とぶつくさと文句を言いつつも、鈴菜は彼の手の内にあるお守りから目を離せなかった。

もし、今夜自分と交換しなかったら、理紅はあの桜色の『願ひ守』をほかの女の子と交換してしまうのだろうか。

（……それはいや）

鈴菜は自分の胸の内に靄が生じたのに、気づかないふりはできなかった。

それは彼を姉のようなまなざしで見守るだけでは飽き足らない――独占欲というもので、けっして綺麗な感情ではなかった。

でもそれを見なかったことにして、いつまでも理紅の良き姉を演じ続けていたら、きっと独占欲はいずれ嫉妬という、もっと醜いものに変わってしまうだろう。

だから鈴菜は、彼の前で正直な気持ちを吐露する。

「約束は取り消さないよ。だって、理紅君が他の子にお守りをあげちゃったらいやだもん。……理紅君、ごめんね、わたし、本当はすごくいやな女なのかもしれないの。理紅君はみんなの王子様なのに、独り占めしたいって思いはじめちゃったから……」

　言葉にしてみると、なんておとなげなくて、情けないのだろう。

　けれどそれが自分の本心なのだ。純真無垢な理紅を騙し続けることはできない。

　うつむいてしまうと、頤に手がかかり、上向かされた。

　月明かりに晒されて、涙目になっている表情が彼に見られてしまう。絶対に呆れられると思ったのに、彼は困ったように笑い、思いもよらないことを言った。

「俺を独り占めしたいって思ってくれるだけで鈴がいやな女の子になるんだとしたら、もっと欲深な俺は、鬼か悪魔かもしれないね……」

　薄赤い月を背にした彼は少し前屈みになると、鈴菜の頬に――それも限りなく唇に近いところに、触れるだけの口づけをした。

　驚いて隙ができた鈴菜の手から『願ひ守』を奪ってしまうと、代わりに自分が手にしていたお守りを握らせた。

「……これでもう、姉弟には戻れなくなっちゃったね」

　残念そうな言葉とは裏腹に、邪悪で妖しい微笑を浮かべて彼は言った。

　それは九条氏の前で小芝居を打っていたときと同じ表情だった。

トゥンク……ではなく、ドクン、と鈴菜の胸が重く脈打つ。

まさか――まさか……。

理紅が純真無垢な天使だというのは、自分の完全なる思い込みで。

「理紅君、もしかして、本当は……」

腹黒策士だったの……？　と問いかける前に、鈴菜は口を閉ざしてしまった。

鈴菜を映す愉しげで薄暗い瞳がもう、如実にその答えを物語っていたから。


浅草寺の裏の遠くの暗闇に、明かりが灯る料理店ができた。

望めばいつでもあやかしたちのお腹を満たし、冷えた胸を温めてくれる食事処。

それはやがて自然と『浅草観音裏のあやかし処』と呼ばれるようになる。

さて、この料理店は令和の世の下町で暮らすあやかしたちの話題をしばしさらった後、ときに彼らの癒やしの場、ときに彼らの憩いの場となるのであった。

【参考文献】

『江戸東京たてもの園　解説本』（東京都歴史文化財団）
『願ひ守』リーフレット（浅草神社）
『江戸浅草　町名の研究』小森隆吉（叢文社）
『旧浅草區　まちの記憶』森まゆみ・著／平嶋彰彦・撮影（平凡社）

本書は書き下ろしです。
この物語はフィクションです。
実際の人物・団体等とは一切関係ありません。

ポルタ文庫
暗闇に明かりが灯る料理店
浅草観音裏のあやかし処

2020年9月4日　初版発行

著者　長尾彩子

発行者　福本皇祐
発行所　株式会社新紀元社
〒101-0054
東京都千代田区神田錦町1-7　錦町一丁目ビル2F
TEL：03-3219-0921　FAX：03-3219-0922
http://www.shinkigensha.co.jp/
郵便振替　00110-4-27618

カバーイラスト　條
DTP　株式会社明昌堂
印刷・製本　株式会社リーブルテック

ISBN978-4-7753-1845-4